大展好書 好書大展

大展好書 好書大展

精選系列 24

台海戰爭

新·中國-日本戰爭(九)

森 詠/著
林雅倩/譯

大展出版社有限公司

目錄

●主要登場人物●

日本

〈北鄉家〉

北鄉正生　父　外務省顧問　已退休　財團法人國際開發中心理事

美智子　母

譽　外務省北京日本大使館一等書記官（N機關情報部員）

涉　海幕幕僚　三佐

勝　業餘翻譯　曾在上海大學留學

弓　志向繪畫　北京大學文學部比較文學科留學中

〈政治家、官僚〉

濱崎茂　首相

北山誠　內閣官房長官

青木哲也　外相（外務大臣）

栗林勇　防衛廳長官

川島弘一　通產相（通商產業大臣）

向井原一進　內閣安全保障室長　前統幕議長（N機關局長）
狩股繁雄　琉球縣知事
野田克彥　北京日本大使館駐在武官捕

〈自衛隊〉

新城克昌　統幕作戰部長
河原端大志　綜合幕僚會議議長　陸軍將領

中國

〈劉家（客家）〉

劉達峰　祖父　八路軍上校
劉大江　父　人民解放軍海軍少將　海軍參謀長
　玉生　妻
　小新　長男　人民解放軍陸軍中校
曉文　長女　事務員
汝雄　次男
劉重遠　劉小新的叔父　香港企業家

進　目前在北京大學留學

〈中國共產黨、政府〉

江澤民　國家主席、總書記、中央軍事委員會主席

喬　石　全人代委員長

〈總參謀部作戰總部（民族統一救國將校團）〉

秦　平　陸軍上將　總參謀部作戰部長　新黨政治局員　軍事委員會秘書長

楊世明　陸軍上校　總參謀部作戰室長

賀　堅　陸軍上校

汪　石　陸軍上校

黃子良　陸軍上校　作戰主任參謀

葉紹明　陸軍中校

周志忠　海軍上校

何　炎　空軍上校

卓康勝　空軍少校

汪傳友　陸軍上將　南京軍區司令員

丁善文　陸軍上將　南京軍區司令員

〈**廣東軍**〉

（**第四十二集團軍**）

徐有欽　陸軍中將
白治國　陸軍少將
王　捷　陸軍准將
崔　南　陸軍准將
孫光覽　陸軍上校
遲勃興　陸軍上校
姚克強　陸軍上校
胡　英　陸軍中尉
鍾　揚　空軍少尉

（**第四十一集團軍**）

阮德有　陸軍中尉
任維鎮　陸軍少尉

〈**廣東政府**〉

趙紫陽　廣東省的實力者

朱森林　廣東省委員長
謝　非　廣東省委員會書記

〈中國人民解放軍〉

趙忠誠　中國人民解放民主革命戰線指揮官
尹洛林　元人民解放軍總政治少將

〈滿洲獨立同盟〉

許瑞林　瀋陽軍管區最高軍事顧問　退役上將　滿洲獨立同盟首領
馬榮山　瀋陽軍管區最高軍事顧問　退役上將

〈其他〉

于正剛　廣州人　前為軍人　企業家　(暗地從事走私)
王　蘭　王中林的女兒　暱稱小蘭
范鳳英　中國學生　反政治活動家
齊恒明　中國學生　反政治活動家

臺　灣

李登輝　總統　國民黨
呂　玄　行政院院長

薛德餘　外交部長
謝　毅　國防部長　軍政
朱孝武　參謀總長　軍令
高　明　國家保安局長
錢建華　負責安全保障問題輔佐官
董治中　軍情報部長
袁元敏　國共合作派革命政府總統
孟景藻　海軍司令官　海軍上將
周士能　空軍司令官　空軍上將

〈劉家（客家）〉

劉仲明　中華民國軍准將　劉小新的叔父

美　國

哈瓦德・辛普森　總統　共和黨

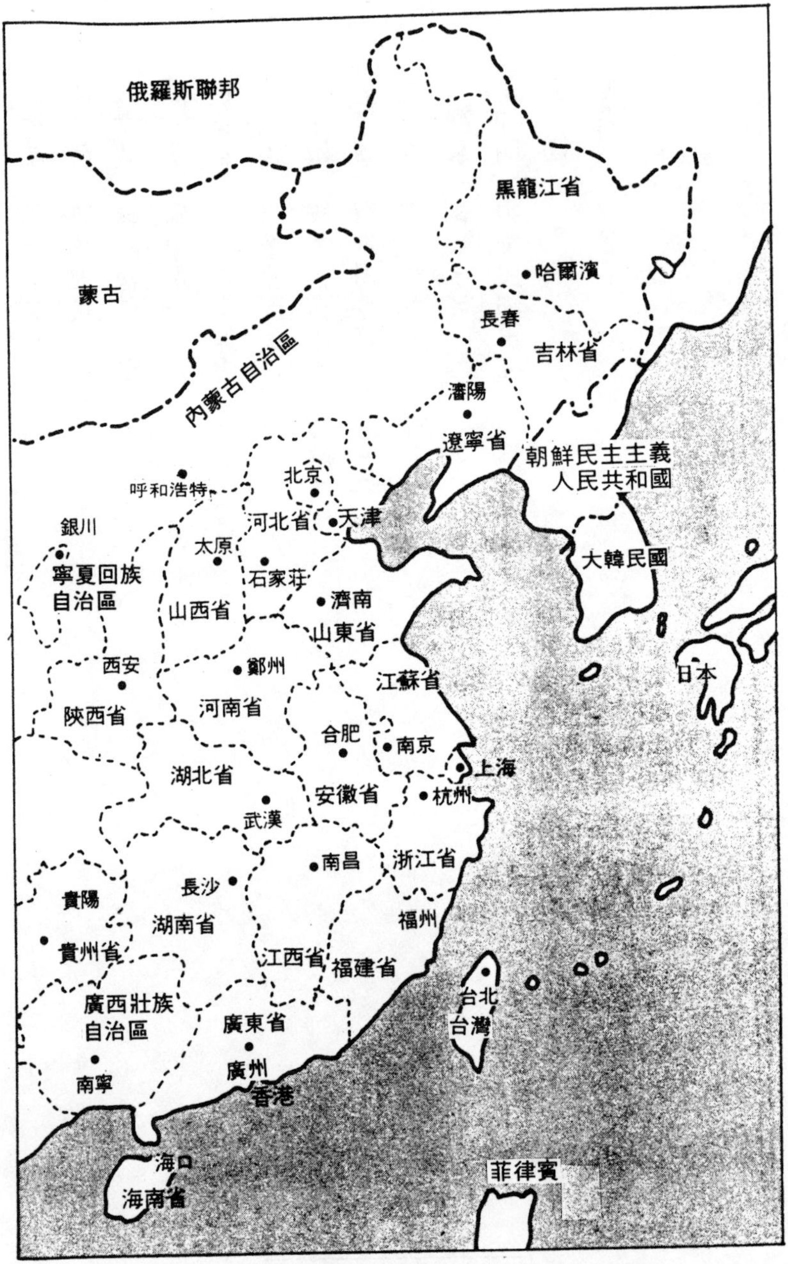
俄羅斯聯邦
黑龍江省
蒙古
哈爾濱
長春
吉林省
內蒙古自治區
瀋陽
遼寧省
朝鮮民主主義
人民共和國
呼和浩特
北京
天津
河北省
銀川
太原
石家莊
大韓民國
寧夏回族
自治區
濟南
山西省
山東省
日本
西安
鄭州
江蘇省
陝西省
河南省
合肥
南京
上海
湖北省
安徽省
杭州
武漢
浙江省
南昌
長沙
貴陽
湖南省
福州
貴州省
江西省
福建省
台北
台灣
廣西壯族
自治區
廣東省
廣州
南寧
香港
海口
海南省
菲律賓

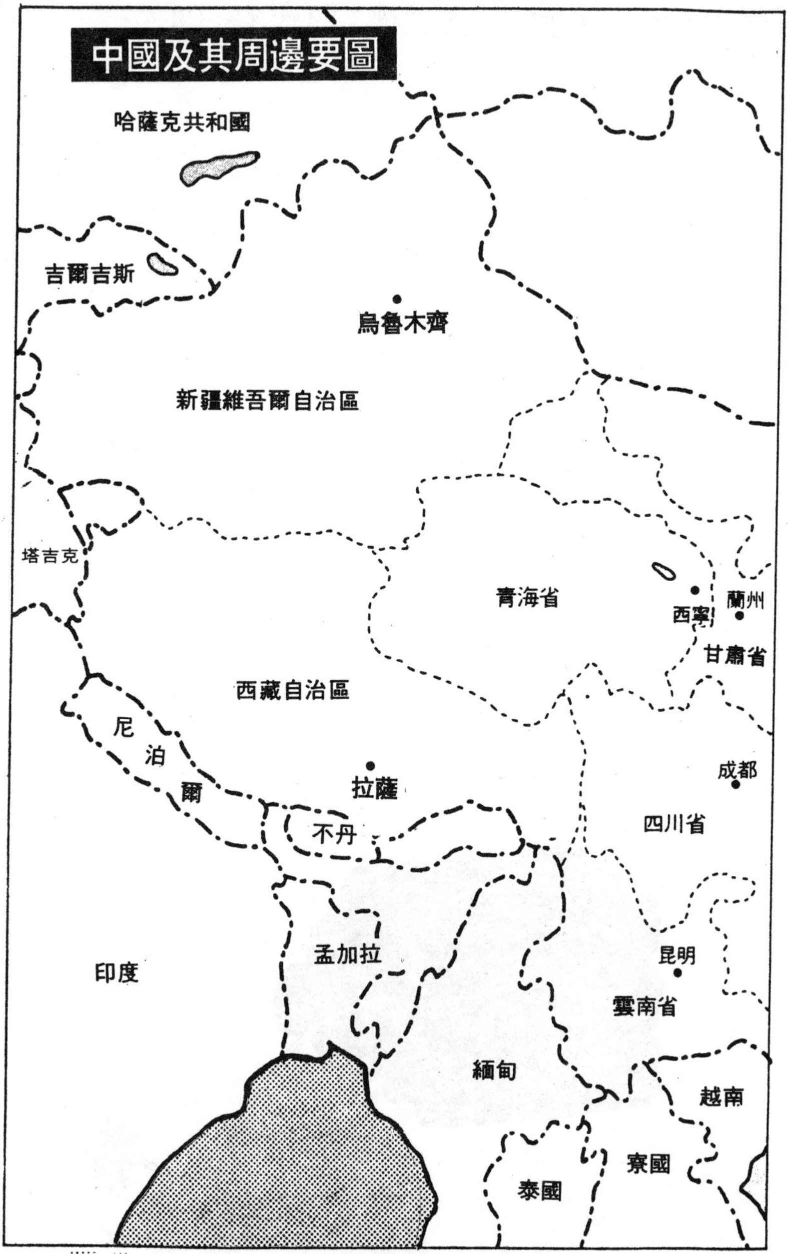
中國及其周邊要圖
哈薩克共和國
吉爾吉斯
烏魯木齊
新疆維吾爾自治區
塔吉克
青海省
西寧
蘭州
甘肅省
西藏自治區
尼泊爾
拉薩
不丹
成都
四川省
孟加拉
印度
昆明
雲南省
緬甸
越南
寮國
泰國

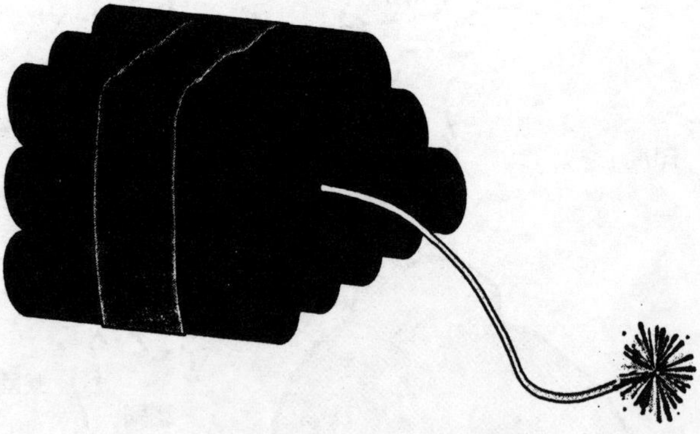

第一章　上海叛亂

1

上海海軍參謀長官舍　8月5日　4時30分

在房間角落聽到蟋蟀在叫，窗外也可以聽到小鳥喧鬧的叫聲。東方終於開始泛白，不久就要天亮了。

可是在房內的海軍參謀長劉大江海軍少將，卻一夜都沒睡。

琉球海戰的失敗，對他而言是一大震撼，都是因為太過於輕忽日本海軍的實力了。

原本以為在琉球海域的日本海軍艦隊，沒有航空母艦，只有八艘護衛艦所組成的護衛艦隊。再加上海軍參謀部也認為如果沒有美國第七艦隊的補助支援戰力，日本海軍根本無法單獨作戰，而給予對方過小評價，認為對方絕對敵不過擁有兩艘航空母艦的我方艦隊。

因此，當第七艦隊巡邏台灣海峽時，便評估可以攻擊在琉球本島的美日兩軍基地。如此一來，第七艦隊就會慌慌張張地從台灣海峽撤退，於是，便可以輕輕鬆鬆地進行主攻的台灣，當然，也能達到海軍的目的。

也就是說，以我方的航空母艦艦隊為誘餌，將美日兩軍引誘到東海，就能一舉發動台灣解放軍的總力，成功的攻擊台灣本島。

雖說是誘餌，但是也不能夠犧牲堪稱我方海軍虎子的航空母艦艦隊。然而，誤算的原因在於我們過度輕忽敵人日本海軍，使得我方航空母艦艦隊遭遇了出乎意料之外的損害。

近年來，中國海空軍不斷的急速現代化，並在裝備面增強戰力。但是，想要和美、日海空軍的現代戰力相對抗，似乎還不夠。

而且，問題是在對於敵人的航空戰力與飛彈的戰鬥能力給予過小評價的緣故。

在現代戰中，海戰不再只是航空戰，而是飛彈戰，是來自空中的空對艦攻擊，以及艦對艦飛彈戰。如果沒有壓倒性的航空支援，以及防空對艦飛彈支援，根本無法進行海戰。

如果中國海空軍要把握勝算，必須要將敵人美日艦隊誘導到距離本土沿岸不太遠處，也就是反艦導彈的有效射程內，在我方壓倒性反艦飛彈的援助之下，攻擊美日兩軍。

相反的，如果我方航空母艦艦隊到琉球群島海域去攻擊別人的艦隊，由於與本土的距離太遠，很難得到航空支援，而且也無法得到我方飛彈支援，便導致這次海戰的失敗。

以我國現在的海軍力與空軍力，很難直接攻擊日本本土，頂多只能利用彈道導彈進行飛彈攻擊而已。但是，光靠飛彈攻擊，而不使用核子武器，日本絕對不會投降的。

不過，一旦使用核子武器，我國在國際上便會陷入孤立狀態，而且美國一定會使用核武來進行報復。如此一來，我國就必須面對與美國的全面核武戰爭。這樣不僅會破壞中國的國土，也會有幾億人民傷亡，甚至面臨中國國家的毀滅。

因此，應該極力避免使用核武。至於不使用核武而要讓日本投降，只有一個方法，就是封鎖日本的生命線、海上交通線，截斷日本的兵糧戰略。

換言之，必須要封鎖日本列島的海上補給線，同時對日本本土進行體無完膚的第二炮兵彈道導彈攻擊，使其國力弱體化。

至於封鎖海上最有效的手段，就是利用潛水艦進行打游擊似的攻擊。

所幸，中國海軍潛水艦隊與遭受打擊的第一航空母艦航隊不同，還具有足夠的戰力。一艘夏級戰略核子潛艇仍潛航在南太平洋深處，有必要時，不光是日本本土，即使是美國本土也可以進行核子彈攻擊。

而在五艘漢級攻擊型核子潛艇當中，有一艘被擊沈，還有四艘在海洋中潛航，故可由漢級核子潛艇進行核彈攻擊。

再者，雖然沒有核彈，但是包括兩艘俄羅斯製，最新型輕頓級潛水艇在內的普通型潛水艇，則可以出動五十艘。雖然大多已經老朽，但因為已經完成現代化修改，並且經過提升性能的前蘇聯製的潛水艇，大約可以動員四十艘以上。

此外，偷偷訂購的俄羅斯製最新型潛水艇二十二艘當中，有七艘已經到達。至於那些訓練不足的人員，也藉由用錢僱用熟練的俄羅斯人海軍，而可以將潛水艇投入戰線中。

在展開潛水艇戰爭之前，完成了航空母艦「北京」的修改，也完成了輕型航空母艦「長春」。至於損害輕微的航空母艦「大連」，則將進行現代化的修改，並加以補強。如此一來，就可以組成擁有三艘航空母艦的航空母艦聯合艦隊。

為了確實獲勝，可以採取以往美國的作法，即先一一攻陷琉球群島，再很有耐心地攻入日本。

因此，首先必須要控制台灣，把台灣本島當成航空母艦支援基地來使用，這樣就可以輕易地攻陷石垣島、宮古群島，最後進攻琉球本島。只要攻陷琉球本島，再將其當成浮沈航空母艦，用來攻擊日本本土，然後再攻陷奄美大島，便能一舉進攻南九州。

只要從日本手中取得琉球，就算是大勝利了。如此一來，就能夠將美軍趕離亞洲，東海也就成為中國的前庭了。

劉大江少將躺在床上翻身，聽到走廊巡視的警衛隊員的腳步聲。心想，難道是到了交替時間了嗎？

聽到敲門聲。

「參謀長，有緊急通知。」

隔著門聽到聲音傳來，劉少將立刻坐起身來，看了眼枕邊的時鐘。現在是清晨五點剛過，難道有來自北京新的緊急命令嗎？

「嗯！等一會。」

劉少將立刻下床穿著睡衣，走到門邊，打開了門。穿著制服的警衛隊長中校向他敬禮，兩名警衛人員面色緊張，站在兩側。

劉回禮。在警衛隊長背後有穿著國家保安部制服的上校，還有幾名部下跟隨待命。

劉立刻察覺到發生了什麼事情。這時，警衛隊長中校臉色僵硬的說道：

「閣下，真對不起！這麼一大早國家保安部有事要見您！」

「閣下，這兒有傳票，請您立刻與我們走一趟。」

國家保安部的上校以強烈的口吻說著，劉少將看向上校。

「是誰發出的傳票？」

「中央軍事委員會。」

上校遞出傳票，劉少將接過傳票，看著上面的文字，屬名是秦平上將。

當時乾脆打電話告訴秦上將，說明願意擔負戰爭失敗的責任，而辭去海軍參謀長的職位時，他不是說沒有這個必要嗎？難道當時是說謊嗎？

「怎麼會這樣？我要先問問總參謀部。」

「沒時間了！閣下！有必要的話，我們接到命令可以逮捕你。」

「什麼罪名？」

「懷疑你是間諜。」

「我是間諜！有什麼證據？」

「這是上級的指示，我們只是奉命行事而已。是不是間諜，只要經過調查，就可以明白了。」

國家保安部的上校臉上露出淡淡的微笑。警衛隊長好像要保護劉少將似的，站在他身邊。

「不可以對將軍失禮，怎麼可以說他是間諜呢？」

「喔！中校，難道你們要和我們國家保安部作對嗎？」

上校看著部下，而國家保安部的士兵一致將手擺在槍上。

「做什麼！」

警衛隊長手按住腰際的手槍，而在其身後的警衛隊員們，也將槍指向國家保安部的士兵們。

整個走廊瀰漫著一觸即發的氣氛，劉少將這時說道：

「我知道了！警衛隊長，不要在這裡自己人打自己人，這之間一定有誤會。上校，我準備一下立刻跟你去。在這兒等一下。」

「身邊的東西由部下帶去，現在立刻跟我們去。」

上校以命令的語氣說著，警衛隊長很不高興的瞪著國家保安部上校。

「難道不能等一下嗎？」

「怕你會自殺，所以一定要你跟我們一同前往。」

上校命令部下握住劉少將的手臂。

「上校，我絕對不會自殺的，我又沒有做壞事。如果你還是會擔心，可以和我一同進入屋內，我絕對不會逃走或是躲起來。」

劉少將很生氣地甩掉士兵的手，士兵困惑地看著上校。

於是劉少將回到屋內，打開衣櫃，脫掉睡袍並換上軍裝，而警衛隊長則慌慌張張的幫忙。

少將換上了配戴肩章的人民解放軍海軍部的制服，站在鏡子前拉拉衣領，將帽子戴上遮住眼睛。

「好！走吧！」

劉少將看著國家保安部上校，上校便對其部下下達命令。

「帶他走！」

士兵們想要跑過來抓住劉少將的雙臂，劉少將瞪著士兵們說：

「我不是罪人，我自己會走。上校，你帶路。」

上校勉勉強強地點點頭。

只見劉少將抬頭挺胸，在上校的帶領之下離開。而國家保安部的士兵們則排成整齊的隊伍，跟在兩人身後。

2

上海郊外·政治犯收容所　8月7日　凌晨1時

牆壁傳來咚咚的聲響。

雜居房裡非常擁擠，雙層蠶架的每一層都有女子靠在一起睡覺，甚至地上也有裹著毛毯的女子躺在那裡睡覺。

這兒大約收容了十五名未判決囚犯，看似大伙兒都在睡覺，但其實都沒有睡著。

即使天花板上開了個小窗，但是白天人體的熱氣以及燥熱的天氣，仍然讓人覺得非常悶熱，就快要發瘋了！一直到晚上，才終於有清涼的空氣飄了進來。

池中積存大小便，其臭氣瀰漫在空氣中。而蠶架的睡床上爬滿了臭蟲、跳蚤與蝨子，還有從打開的小窗偷溜進來的蚊蠅，也毫不留情地攻擊這裡的人。

就好像作夢一樣，而且是一場惡夢。如果是夢，只希望能夠早點醒來，等到醒了之後，就知道一切都是夢，又能恢復到平常和平的生活。

然而，實際上並不是如此。

北鄉弓縮著身子坐在蠶架上，並靠在小蘭汗流浹背的背上，屏氣凝神的側耳傾聽從牆壁傳過來的聲音，聽起來好像是有人用莫爾斯電碼在傳達訊息。可是，敲打的聲音突然停下來，於是小蘭拿起隱藏的小石頭，敲打牆壁。

「小蘭，說些什麼？」

「別出聲！」

小蘭小聲地回答，接著又聽到敲打的聲音，小蘭將耳朵貼著牆壁傾聽。

突然，敲打的聲音斷絕了。在走廊遠處聽到鐵門打開的聲音，好像有幾名警衛向這邊走來。

「來了！安靜點！」

睡在下面蠶架的范鳳英說道。

小蘭停止用小石頭敲打牆壁的動作，並鑽進弓的毛毯裡。弓與小蘭都假裝入睡，而房內的女子也全都假裝入睡，一動也不動，甚至有人假裝在打鼾。

警衛的腳步聲不時地停下來，並隔著鐵柵欄依序查看雜居房中的情況，慢慢地移動。不久便走到小蘭與弓等人所待的房前，同樣也停了下來。

臭蟲在床上爬來爬去，再加上因為非常熱，額頭與後脖頸都流汗了，整個身體好似被蟲叮咬、啃蝕一般，但是弓只能一動也不動地忍耐著。

警衛隔著鐵柵欄，用手電筒的光照著內部，弓只能閉著眼睛，停住呼吸。終於，手電筒的光移開了，警衛的腳步聲又再響起，移動到隔壁房。

「走了。」

又聽到范鳳英的聲音，其他的犯人似乎也放下心來。

弓嘆了一口氣。當腳步聲遠離時，小蘭又立刻坐起身來，將耳朵貼向牆壁。

她用小石頭咚咚地敲打著，這時，她聽到咚咚、咚、咚似的不規則聲音傳回來。

「小蘭，說些什麼？」

弓附在小蘭的耳邊說著，於是小蘭小聲回答說：

「我們好像要被移送了。」

「什麼時候？」

「就在最近，可能就這兩、三天吧！」

「送到哪兒去？」

「不知道。一定是邊境的再教育收容所，以前民主化運動的魏京生就曾被送到新疆維吾爾地區的收容所去，那是位在沙漠及山岳地帶的收容所，到時就不容易逃走了。」

小蘭嘆口氣說道。

弓緊咬著嘴唇。

曾經聽說過有關邊境收容所的事情。新疆維吾爾自治區在沙漠地帶和山岳地帶建造了收容所，犯人在那兒從事重勞動的開墾工作。由於收容所位於人煙稀少的地方，即使逃走，周圍又有沙漠地帶與山岳地帶，實在不容易通過。

況且沙漠地帶與山岳地帶還有山賊與盜匪居住，一旦被他們抓住，可能會被殺死。就算幸運而沒被殺死，恐怕也會遭遇悲慘的下場。

小蘭用小石頭敲打著牆壁，這時又聽到石壁傳回咚咚的聲響。小蘭耳朵貼著牆壁，聽取莫爾斯電碼。

弓默默地等待通訊結束。終於，小蘭嘆了口氣，回到蠶架的床上。弓小聲地說道：

「說什麼？」

「只能等待了。」

「等什麼？」

「同志不知道在想些什麼？只好等他們與我們聯絡了。」

「噓！」

在入口附近的人發出警訊，同時聽到走廊有腳步聲響起，似乎是警衛又巡邏回來了。房中恢復了寧靜，又聽到了鼾聲。弓很痛苦地將臉貼在睡床上，等待腳步聲通過。

警衛在依序檢查之後，終於離開，腳步聲愈走愈遠。

「現在必須先睡一覺，保存體力，以備不時之需。」

小蘭耳語，弓聽了則點點頭。但其實小蘭好像還是睡不著似的，一直不停的翻身、嘆氣，而弓也只是閉著眼睛，心中卻想著哥哥北鄉勝。

哥哥是否平安無事？是否被公安逮捕了？我想哥哥一定沒有被逮捕。但是，如果哥哥被逮捕了，我該怎麼辦呢？

既然是日本人，一定會被認為是間諜，到時候難免會被處死刑。

弓發現自己一直朝著壞處想，不禁苦笑起來。這時，更應該要保持樂天的性格才行，這不正是我的優點嗎？

不論如何，煩人的事情明天再去考慮吧！就這麼辦！明天的事明天再說。

弓將一切的事情都擺在明天，專心睡覺。

3

上海・浦東地區 8月8日 上午10時

在三十五層建築的東方電氣工業大樓上，可以俯瞰被煙塵覆蓋的上海街道。而透過厚厚的強化玻璃，可以聽到如地吼般街上的噪音，不過，噪音傳到此處之後，聽起來只是微小的分貝而已。

然而，在新製品開發研究室裡，卻可以從各處的控制台聽到電子機器發出的電子音，聲音比外面的噪音更吵雜。

冷氣機靜靜地吐出清涼的空氣，而空氣清淨機不斷地去除空氣中的塵埃、濕氣等，這是因為塵埃或濕氣會對電腦造成損害。

一部部排列井然有序的機器，大約有五十多台，全都靜靜地發出聲響，持續進行資料的分析與檢索。在各終端機的前面，都坐著上海市內的駭客們，各自準備侵入在北京或上海地區與軍警有關的電腦。

「接到來自本部的聯絡。」

戴著無線機的少年抬起頭來，告訴北鄉勝。

「好。」

北鄉勝趕緊走到少年身旁，耳朵聽著少年遞來的無線通話器，對著話筒低語著。

「這是秋玫瑰，聽得到嗎？」

『這是天龍。接收狀態良好，但是可能會被竊聽，要小心！』

「不要緊！已經使用保密程式。」

北鄉點點頭。天龍是本部的代號。

北鄉看著負責無線通訊的少年。對於這些少年們所製作的數位保密暗號，若想要解讀，即使是身為這些少年偵探團中擁有技巧高明的駭客，也要花上很長的時間。

而在這段期間內，就可以再更換為新的保密暗號，竊聽者想要解除，恐怕還要花更久的時間。總之，只要在進行作戰的時間不被解除，就可以了。

『好。已經查獲秋玫瑰的同志被關的收容所，是在上海郊外第十一再教育收容所。』

「第十一再教育收容所？」

北鄉趕緊寫在便條紙上。

『那是反體制派政治犯的收容所，其中有一部分收容者，好像明天要用火車將其移送到鄉下，而在移送組中，有秋玫瑰的人員。』

「送到哪去？」

『好像是在甘肅省祁連山脈內的終身監獄，因為監視嚴密，一旦送到此處，到死都不能出來。』

「難道沒有辦法救他們嗎？希望能夠在移送途中解救他們。」

『知道了。關於這點是否能夠辦到，還需要再經過檢討。不過，你們那兒的特洛伊木馬作戰的進展如何？』

「少年偵探團現在正全力以赴，但還要花點時間。因為還不知道密碼，要侵入主電腦需要多費點工夫，但是一定能夠破解安全系統。」

北鄉勝看著在控制台前一字排開的駭客少年們，這些駭客少年們有些含著糖，有些喝著可樂，但都盯著電腦螢幕，敲打著鍵盤、操作滑鼠。

『我們正期待著。不過，切入作戰要按照預定的時間開始，開始時刻是一二〇〇。你們的支援準備完成了嗎？』

「了解。我們的準備已經完成了，三十分鐘前就已經開始倒數。」

『了解，拜託你了。沒有你們的支援，沒有辦法成功切入。』

「知道了，沒問題！現在已經開始侵入他們的安全控管系統。」

『真厲害！祝你們成功！』

「也祝你們好運！通信完畢！」

切斷了無線電的開關。北鄉看了一下手錶，罷工已經開始二小時。

「各位！作戰開始時刻按照預定計劃，在一一三〇時開始。沒問題吧？」

「ＯＫ！」「好！好！」

駭客少年們好像在玩遊戲似的，很爽朗地回應著。

4

上海交通大學校區內　上午10點30分

數百名的學生，聚集在校區內的廣場。

廣場中央堆滿了從教室運來的長椅和桌子，搭成了臨時的演講台。站在演講台上的學生領導者，手拿麥克風，在學生面前進行煽動演說。

煽動演說藉著擴音器，傳遍了整個校區。

於是，學生們陸續聚集在廣場。

「聚集在廣場要求反戰民主的愛國學生們！我們難道還要坐視祖國的緊急事態而不顧嗎？一定要彈劾分離祖國、掀起內戰的北京反革命軍事政變領導部，並從他們手中奪回政權。現在，我們才是真正的愛國者。大學全體的愛國學生們！趕快奮起吧！上海的民主革命狼煙已經點燃！本日正午，上海的勞工、農民、愛國人士、民主的民族資本家們，已經決定進行總罷工。而與他們呼應的上海防衛士兵們，也都崛起了。因此，我們這些要求民主的愛國學生們，也必須和這些民主人士的奮鬥會合，帶頭奮鬥才行！」

聽到學生們歡聲雷動，掌聲如雷，活動家向學生們分發傳單。

在臨時搭起的看板上，貼滿了催促大家奮起的大字報。為了看大字報，在其周圍聚集了許多人。原本到學校上課的學生們，都立刻聚集在廣場，一下子就有超過一千人的規模。

這時，廣場上聽到引擎聲。

出現了三輛帶有車篷的卡車，依序停在廣場的一端。從停下卡車的後方貨台上，陸續有手臂裹著紅布的男子們跳下車來。

他們掀起了貨台的車篷。帶頭的那輛車中，卸下了旗桿與藍色的旗子，第二輛車子的貨台則堆滿了木箱，這些木箱也被卸了下來。

「……愛國學生們！我們同志從鄉土防衛隊的武器庫裡，運來了武器。請愛國學生們領取武器，打倒反革命政變領導部、打倒軍事法西斯政權，與祖國共存亡！」

領導人在那兒嘶吼著。

「打倒反革命政權！」「打倒法西斯政權！」

「反對戰爭！」

興奮的學生們紛紛湧向從卡車貨台上卸下的那些木箱。

手臂裹著紅布的學生們，陸續打開木箱蓋，從裡面取出了AK－47衝鋒槍，分給聚集的學生們。學生們領取彈匣，裝填子彈。

木箱中不只衝鋒槍，還有手榴彈、反坦克火箭彈RPG－7，以及反戰車地雷等，學生們紛紛領取這些武器。

這時，有人拿槍指向天空，胡亂掃射。這似乎是信號一般，其他學生也與其呼應，舉槍對著天空發射。

「等等！等等！要節省彈藥。不要隨便發射彈藥，這樣遇到敵人攻擊時才可以還擊。」

年輕的領導人大叫著。

「愛國的學生們！現在立刻跑到街頭上，占領上海市政府或上海軍事司令部、廣播電台吧！」

「好！先占領市政府！」

「攻擊軍司令部！」

「占領廣播電台！呼籲全體市民崛起！」

「廣播電台占領組在這裡集合！」

「軍司令攻擊隊跟我來！」

「市政府占領組到這裡集合！」

裹著紅色臂章的學生，指揮著武裝學生們。

在同一時刻，幾千名武裝學生很自然地兵分三路，朝向負責的隊伍前進。

運送武器的卡車發出了高亢的引擎聲，拿著武器的學生們分別跳上了卡車的貨台。貨台上樹立著校旗與紅旗，各卡車上都擠滿了學生。

「出發！」

年輕的領導人跳上卡車的貨台，用擴音器下達命令。幾台卡車從校門開往街頭，至於其他沒有搭乘卡車的學生們，則追著奔馳的卡車一同前進。

途中，公安們曾想要制止卡車與學生們，但都立刻被他們驅散了。

5

上海・黃埔江沈家弄路　中午12時

卡車緩緩的行駛在沈家弄路。沈家弄路左右，有日本、美國、歐洲各國進駐企業的工廠和辦公大樓。

趙忠誠坐在助手席上，看著周圍的狀況。

與日本或台灣的聯營企業工廠都已經關閉，現在統一由人民解放軍管理。

至於那些有美國或歐洲諸國資本加入的聯營企業工廠，目前雖然勉強運作，但是，也因為即使製造製品，巨大市場如日本、美國、歐盟幾乎都不購買，也遭到作業時間減半的命運。

國內市場隨著內戰擴大而混亂，走私猖獗，更加無法做生意。雖然想要促銷將商品賣到外面的東南亞各國或西亞諸國，但是，感受到中國霸權主義威脅的國家，卻不願意從中國購買商品。

雖然俄羅斯或北韓想要進口製品，可是兩國沒有外幣。再加上有來自歐美各國及日本很多的債務，因此，幾乎沒有購買力，只能採用武器彈藥或兵器等以物易物的方式。

自從軍事政變以來，貿易收支急速惡化，主要依賴出口的上海特區內的企業，面臨經營惡化的情況。因此，上海工廠的勞工薪資大幅度的縮減，甚至薪水都付不出來。沒有資金力的國營企業，開始了人員整理或裁員的措施。

至於生活困苦的勞工或經營者們，只好將製品走私到黑市，但這樣做卻導致市場變得更為混亂。由於物資缺乏，物價急速上升，使得人民的生活受到壓迫。

唯一一項仍然持續生產的工作，就是武器製造等軍事相關企業。但是，由於來自國外的原料進口銳減，導致原料不足，也變成了即使想製造，也無法製造出武器來的狀態。

由於只有一部分的工廠運作，所以，在軍事工廠工作的勞工大半都賦閒在家，等待命令。

像這種狀態不光是上海，包括北京、武漢、西安等地方都市，或是海岸部的廣州、寧波等經濟特區，都大同小異，都是屬於經濟逼迫狀態。因此，由於勞工對於政變的政府不滿，便開始秘密的蔓延反政府的氣運。

「停止！」

趙忠誠用手示意年輕的駕駛停下來。前方工廠的正門有人出入，工廠內響起中午休息時間的休息鈴。

趙看著手錶。工廠勞工正和人民解放軍士兵在爭吵著。

打算關閉正門的勞工和不讓勞工關門的士兵們發生了爭執。但是，當遇到人多勢眾的時候，誰也無可奈何，於是解放軍士兵被推了出去，關在門外。

緊閉的鐵門讓打算離開廠區的大型拖車停了下來，在那拼命按著喇叭。

勞工們跑到駕駛座，將駕駛從駕駛座上拉下來。

這時，勞工們陸續聚集在正門，豎起紅旗，在正門上拉上白布條。

白布條上用黑色的字體寫著「決死的總罷工加入」。

「隊長，即將開始了。」

年輕的駕駛說著。這時，聽到高亢的警笛聲響起，並在各處聽到與其呼應的警笛和鈴聲。

工廠機械停了下來，原本使空氣振動的低周波噪音消失了，取而代之的，是勞工們呼喊的聲音。

在正門已經關閉的工廠廠區內，聽到了擴音器的聲音。

『各位勞工同志！我們要罷工，打倒軍事政變政府，要他們立刻中止戰爭或內戰……一定要追究反動政府的責任。造反有理！打倒反革命軍事政變政權！』

廠區內擴音器的聲音怒吼著。守在正門的人民解放軍士兵，顯得有些慌亂，有衛兵跑到正門的警衛室打電話。

聽到行動電話聲響起，趙將電話貼在耳上接聽。

『偵察隊向隊長報告。一、二、三班準備結束。配置好了。』

「很好。我可以看到，立刻開始戰鬥。」

『了解。』

電話掛斷後，趙隊長對駕駛做出「出發」的手勢。駕駛面露緊張的神情，讓車子低速前進。

「作戰開始。走吧！」

趙隊長對著從卡車貨台小窗探頭出來的男子大叫著，並拉起手上握著的AK

S－47衝鋒槍的滑板。

男子對著坐在貨台上的同伴們大叫著。

「準備戰鬥。」

坐在貨台上的十幾個人一起拉起槍的滑板，裝填彈藥，並在火箭筒RPG－7中裝填反坦克火箭彈。

「走吧！衝鋒！」

卡車揚起引擎聲，開始往前衝。聚集在工廠正門附近的解放軍士兵們，看到衝過來的卡車，都嚇了一跳，趕緊倒退。於是卡車往前挺進，穿過工廠前，直接衝入十字路口，並將輪胎打向右方而往右轉。

看到堆積著沙袋的解放軍崗哨，裝甲運兵車正停在沙包陣地旁。崗哨前停了幾輛車，為了接受盤查而排在那邊。

當士兵看到突然衝過來的卡車時，嚇得臉色大變，紛紛舉起槍來，並操作裝設在裝甲運兵車槍座的機關槍，將其對準衝過來的卡車。

尾隨在車子行列最後面的運貨車打開車門，幾個人滾到路上，全都配有槍，其中一人肩上則扛著火箭筒RPG－7。

男子們以運貨車的車身當成盾牌，開始射擊。同時，聽到了火箭筒發出了鈍發射音後，拖著白煙尾的火箭彈，瞬間衝入裝甲運兵車中。

反坦克火箭彈命中裝甲運兵車的車身，發出了轟然巨響，同時裝甲運兵車也隨之爆炸。

裝甲運兵車冒起了黑煙以及熊熊的烈火，使得崗哨的士兵們全都倒在道路上，其他的士兵們則開始射擊。

「應戰了！」

趙隊長大叫著。貨台上的男子們掀起卡車的車篷布，而自動步槍的子彈如雨般對準了崗哨的士兵們，於是解放軍士兵立刻應聲倒地。

排在崗哨前的車子們，立刻往前急駛而去，突破了崗哨的攔車桿，至於運貨車也往前奔馳、開道。

卡車穿越道路，衝破崗哨，運貨車的男子們則用槍護衛著卡車。

卡車衝過道路，轉個彎，在眼前豎立著由沙包陣地保護的白色建築物，並插著紅色的國旗。

這是上海電台。

這棟國營的電視台，正由十幾名人民解放軍士兵在正門前守衛著。

一看到卡車轉個彎衝過來時，守備隊的指揮官即刻搖搖手，命令卡車停車。但是，趙隊長卻無動於衷，指揮卡車繼續前進。

「射擊！」

從卡車的貨台處，自動步槍朝著士兵們胡亂掃射，於是玄關處的士兵們慌慌張張地跳入沙包掩護。然而，指揮官在自動步槍最初的一連串掃射中便中槍，身染鮮血。

在正門前的六輪裝甲運兵車立刻急駛過來，想要利用其車體擋住正門。駕駛立刻踩剎車，在前方的卡車停了下來。

「火箭筒發射！」

趙隊長大吼著。

火箭筒的彈頭從貨台朝著裝甲運兵車衝了過去，冒著白煙吸入裝甲運兵車的側腹。

裝甲運兵車的車體彈跳起來，接下來的瞬間，裝甲運兵車爆炸，車身的側面開了個大洞，冒出黑煙。

車內的彈藥被引爆，車體四散、破碎。不斷聽到哀號聲，連卡車的擋風玻璃也被車體的碎片擊中，如蜘蛛網般地裂開了。

結果駕駛被碎片擊中，倒在方向盤上，趙隊長則用手臂摀住臉。

等到爆炸氣浪停止後，躲在沙泡後方的士兵們立刻開始攻擊。

趙隊長將無法動彈的駕駛從方向盤移開，單手握住方向盤，並伸出一隻腳踩離合器。

然後用手按住駕駛踩著油門的腳，再放開離合器，於是卡車發出高亢的引擎聲，朝門衝了過去。

碎玻璃四處飛散，趙隊長感覺右臂劇痛，但他並不在乎，繼續讓車子往前衝去。

聽到子彈擊中車身的同時，貨台上也響起了對射的槍聲。守備隊的士兵們通過應戰的沙包前，一口氣跑入門中。

車子在玄關前的停車處停了下來。

「下車戰鬥！」

趙隊長大吼著，打開助手席的門，手握著槍跳下車。

隊員們從貨台上陸續跳了下來，在背後傳來剎車聲，原來後面的運貨車也已經奔馳而來。

跳下運貨車的隊員們，跑入正門的後面，開始掩護射擊。

從玄關處跑過來的警備兵，開始用槍射擊，當趙打算舉槍應戰時，卻發現右手臂抬不起來。這時，一名部下在警備兵一連串地掃射之下，中彈倒地。

「隊長受傷了！」

「沒關係。大家不要管我。快走吧！」

一名部下用止血帶裹住趙手臂上的傷，趙左臂扛著槍大吼著。

隊員們衝入廣播電台的玄關大廳，待在大廳的人即刻四散奔逃。

「占領四樓的控制室。」

隊員們跑上樓梯，而趙隊長則在二名部下的照顧之下，搭乘電梯。

原先搭乘電梯的局員們，看到擠進來的趙等人，嚇得臉色蒼白、縮著身子。部下按下四樓的按鈕。

「不用擔心。我們只是反對現在軍事政權的人，你們要幫助我們。」

趙隊長以平靜的語氣說著。局員們沈默不語。

電梯停在四樓，電梯出入口的大廳已經被隊員們控制住了。

「播放中的播音調控室在哪裡？」

「在這裡！」

一名隊員指著門大叫著，而門上「播放中」的紅燈正亮著。

在部下的帶領下，趙隊長進入調控室。

調控室中的導播和副導播們，表情僵硬，高舉雙手。

「我們是中國人民解放民主革命戰線，各位請把手放下來，我們不會加害你們的。」

好像金魚缸的調控室，正在播放現場直播的新聞。

畫面上正映出從北京中央電台傳送過來的北京政府要人的演說，而播報員隔著玻璃窗看到隊員們的槍，表情僵硬地看向這邊。

「這裡的負責人是誰？」

中年局員戰戰兢兢地舉起手來，趙隊長點點頭。

「現在終止播放中的北京節目，播放我們的演說，讓全國人民崛起打倒北京軍事政變政權。」

導播表情僵硬，凝視著趙隊長。

「請你幫助我們人民解放民主革命戰線，我們不想連累你們。萬一公安逮捕我們，我們會說是我們強迫你們做的，如果不做，你們可能會被殺。請你們一定要幫助我們！」

「你們希望這個國家民主化嗎？」

「是的，而且一定要終止戰爭才行。正因為希望中國成為民主國家，所以才需要你們傳播媒體的協助，請幫助我們。」

導播看著趙隊長以下的隊員們。

「知道了，我們幫助你們。我在八九年天安門事件時，雖然還是高中生，但也參與了民主化運動。我想加入成為你們的同志。」

導播看著調控室裡的局員們。

「各位，如果有不想幫忙的人，不用擔心，直接說出來，不會勉強你們的。」

「你說什麼？我們都是要求自由的播放人，我們的想法與懷先生是同樣的。是不是，大家？」

這時，身為副導播的年輕人說著，其他人也異口同聲的表示贊同。

被稱為懷先生的導播微笑的看著趙隊長。

「接下來要怎麼做呢？」

「謝謝你們！我們會保護你們的。尹少校，準備好了嗎？」

趙隊長回頭看著在其背後穿著野戰迷彩服的男子。被稱為尹少校的男子，向趙隊長點點頭。

「這是中國人民解放民主革命戰線的發言人尹少校，請用現場直播的方式，播出他的呼籲。」

「知道了。大家準備播放，啟動這個播音室。」

局員們立刻就準備位置。

螢幕上的畫面，正是中央軍事委員會的秦上將在召開記者會。

『……我軍為了阻止日本軍國主義的復活，向日本宣戰，所以，全中華人民共和國的人民要團結一致，封住國內分離主義者或帝國主義者的陰謀。而國難當頭，人民解放軍亦對台灣本島，進行如怒濤般的攻擊……』

中年的導播抓著麥克風，對著播報員說道：

「他們是我們的同志，沒關係！現在中斷節目，播出臨時的節目，準備好。」

原本播報員似乎有點擔心，但是後來便感到安心。

『好的。請問新聞的前置詞該說什麼呢？』

「畫面切換之後，就說現在播報臨時新聞，然後介紹尹少校。」

『了解。』

「尹少校，請你到裡面去。等尹少校進入後，三十秒內切換，準備好。」

AD立刻進入播音室，準備桌椅，同時與播報員商量。

尹少校拿著文件，走進錄音室中，和播報員打了聲招呼後，便坐在桌前，測試聲音。攝影機給了尹少校一個特寫之後，便往後拉，進行攝影機的測試。

「切換。三十秒前，……二十秒前、十九、十八……」

導播開始倒數計時，並看著趙。

「切換。」

「好，開始吧！」

趙隊長點點頭，懷導播緊盯著螢幕。

「十秒前，九、八……，四、三、二、一。」

ＡＤ向播報員與尹少校舉起手，做出開始的動作。

6

南京軍區司令部作戰會議室　十二時十分

電視上，播放著中央軍事委員會秘書長秦上將的記者會畫面。

南京軍區司令員王傳友上將，以及司令部要員坐在桌前，聆聽秦上將的演說。

『……琉球群島自古以來，是在古代中國的歷代王朝庇護之下，成為我國屬國，對我國進行進貢。然而，在我國庇護之下，琉球群島卻受到日本侵略，並消滅琉球王朝，非法宣佈其為日本國有領土。琉球群島應該是我國固有的領土，因此要奪回琉球群島，實際成為我國領土……』

為何把我們從前線司令部叫回來，聽這些說教呢？

如果有時間聽說教，還不如跑到福州，自己指揮南京軍第一軍，進行對敵人福建台灣聯合軍掃蕩的工作要來得好。

與其紙上談兵，還不如進行實戰。不進行實戰，只會在桌前擬定作戰計劃，根本就沒有幫助。那些人根本不懂！

王上將手臂交疊，瞪著秦上將。在士官學校時代，秦平上將是比王傳友上將年紀更小的晚輩。

結果沒想到，秦平卻擔任總參謀部的作戰部長，發動軍事政變，成為與自己現在階級相同的上將，而且更掌握實權，令他感到很無趣。

當時政變時，如果自己是待在北京總參謀部，絕對不會允許秦平等人抬頭，自己會控制中央軍事委員會，就像現在秦上將所做的一樣，召開電視記者會了。

當時的自己，正擔任蘭州軍區司令部的參謀長，並不在北京。一思及此，就覺得非常遺憾。

突然，畫面混亂，看到一名男性播報員出現。

『現在播放臨時的緊急消息。這裡有來自中國人民解放民主革命戰線的特別聲明……』

什麼？中國人民解放民主革命戰線？

搖動的畫面消失，取而代之的，是畫質不良的畫面。穿著迷彩野戰服的軍人出現，王看到畫面上男子的階級章，是少校的階級章。

『這裡是上海人民民主革命播放節目，我們中國人民解放民主革命戰線在此呼籲全國的人民、勞工，以及愛國同志們，為了打倒北京反革命軍事政變政權，希望大家崛起。目前在上海、北京、南京、杭州、武漢、西安、重慶等全國主要都市，已經與工廠勞工、學生、市民合為一體，進行為了反對戰爭、為了打倒北京軍事政府的總罷工。而與此呼應的周邊農村的農民、農業勞工也崛起，想要加入總罷工的行列。因此，希望各位勞工及學生、市民們，能夠為了反戰和平、反對北京軍事政權而走上街頭，聚集到附近的廣場和公園，進行抗議的集會。

我們中國人民解放民主革命戰線，為了打倒北京軍事政權，取得武器崛起，呼籲中國人民和我們中國人民解放民主革命戰線一起拿起武器崛起吧！」

司令部要員全都站了起來，現場一片吵鬧。

「這是怎麼回事?」

王上將對副官宋中校大吼著。宋副官站了起來，用搖控器更換頻道。但是，南京電台的播放畫面，與上海電台同樣的，也看到了穿著迷彩服的男子。至於衛星播放的北京中央電台的頻道，也播放著與上海電台同樣的畫面。

宋中校搖搖頭，其他司令部要員則紛紛奔向電話，打電話到南京電台。

的確是有趣的事情。

王上將內心感到非常高興，至少不需要再聽秦上將的無聊演說了。

「司令員，南京電台無異狀。不過，從上海電台送來的電波卻很奇怪，可能是上海電台發生了什麼事情。」

「有沒有問過上海電台?」

「目前正在洽詢中。」

一名要員手摀住話筒回答。

「說什麼?」

「通話中，無人接聽。」

參謀將校大吼著：

「司令員，有來自上海市軍司令部的緊急聯絡。」

「說什麼?」

「好像上海電台被身份不明的武裝團體占領,造成負責守衛的公安部隊死傷慘重。因此,軍司令部立刻派出了公安部隊與武裝警部隊,可是在中途卻中了其他武裝團體的埋伏,無法通行,現在正在交戰中。」

「這是怎麼一回事?敵人人數多少?」

「攻擊上海電台的團體大約有三、四十人。」

「只有這麼一點人,就能占領電台嗎?」

王上將面露厭煩的神情說著。

「不管怎樣,告訴上海市司令部,讓他們中止送電到電台,不讓他們產生電波,中止播放。再攻擊占領電台的犯人,這樣就可以了。怎麼這麼簡單的事情都做不到呢?」

參謀上校耳朵貼著話筒,重複王上將的命令。王上將從煙盒裡掏出一根煙來叼著,用火柴點火後,吸了一口煙,將煙噴向天花板。

電視上依然播放著野戰迷彩服男子催促全國人民崛起的演說。雖然宋副官忙著變換頻道,但是南京電台的影像並沒有改變。

「副官,為什麼不趕快停止這種畫面呢?南京電台為什麼要繼續播放這種畫面呢？」

「是的，我立刻要他們中止畫面的播放。」

副官拿起話筒，聲音高亢地將命令傳達給電台要員。這時，與上海市司令部取得聯絡的參謀上校，用手摀住話筒，對王上將說：

「司令員，沒有辦法切斷送往上海電台的電源。」

「為什麼呢？」

「送電到上海電台的變電所有幾處也被占領了，所以無法切斷電源。」

「喔！那只要停止送電給變電所就可以了。必要的話，也可以停止與變電所相連的火力發電廠。」

「問題是，變電所是送電給軍司令部、市內中樞機構的據點變電所，如果中止送電，軍基地及市當局都會癱瘓，混亂會更嚴重。」

「在緊急時刻不是會有自家發電設備嗎？只要進行一陣子自家發電，就不會癱瘓了。總之，一定要停止送電到電台。」

「但是，上海電台為了以防萬一，也可以利用地下的自家發電機播放節目。」

「你是說停止送電他們也可以播放節目嗎？」

王上將非常生氣地敲著桌子，副官宋中校表情僵硬地看著王上將。

「司令員，南京電台也發生了異常事態。」

「什麼?南京電台也被占領了嗎?」

「不是的，好像是有人從外部侵入主電腦，所以沒有辦法切斷上海電台的節目播放。就算想要播放其他節目，仍舊會播出上海電台傳來的畫面。北京電台的電腦也被敵人侵入，似乎是有人在操縱衛星播放。現在，我們的程式設計師與電腦技師們，正在努力讓電腦程式恢復正常運作。」

「到底是誰侵入電台的電腦呢?」

「不知道。可能是非法駭客做的吧!」

「怎麼會這樣?」

王上將面露苦澀的表情。

會議室不時聽到電話聲響起，還有拿著話筒高聲下達命令的人，顯得非常吵雜。

參謀少校告訴王上將:

「司令員，上海廣播電台也被武裝團體占領，廣播電台也播放著同樣的演說。」

王上將捻熄了香煙。

「司令員，來自武漢市軍區司令部的緊急聯絡。當地的工廠區發生暴動，暴徒們襲擊了公安警備所和武裝警察宿舍、市政府公舍。」

「南京市內的工廠發生罷工，南京市內的公園聚集很多暴徒。」

「來自揚州的報告。鄉土民間防衛軍的武器庫被攻擊，有很多武器彈藥被奪走。」

「徐州市公安局的建築物被襲擊，出現多處死傷者。連雲港因為勞工的罷工，全面停止卸貨、載貨的作業。暴徒破壞港灣設施，占領了港灣……。」

「杭州市內發生大規模暴動，公安部隊無法收拾殘局，因此請求支援。」

「在淮南通過運河的船隻發生原因不明的爆炸，造成運河無法通行。而淮南市內的暴徒走上街頭，與公安部隊、武警部隊發生衝突。」

參謀們，異口同聲的將南京軍管區各地的情報向王上將報告。

「司令員，上海市司令部提出緊急要求。」

而另一位參謀中校大叫著。

「這次又說什麼？」

「上海黃埔江經濟特區裡的勞工進行總罷工，開始放棄工作。他們關閉了工廠的一部分，發動武裝暴動，並封鎖了幹線道路與公共設施。公安部隊與武警為了想要解除封鎖，因此警民之間發生了對峙。然而，對方人數不斷的膨脹，希望趕緊派增援部隊前往。不光是普通地區，上海各處也發生了武裝暴動。以現有的兵力，很難防範暴動於未然，因此要求南京第一軍的部隊前往支援。」

「上海市地區應該還有很多公安部隊與武裝警察部隊，副官，難道不是這樣嗎？」

副官慌忙地點點頭。

「是的，的確有兩個連隊的公安部隊與三個大隊的武警部隊。此外，海軍還有預備役，海軍步兵一個連隊，空軍一個空挺連隊，都安排在上海郊外。但是，全部的部隊都出動了，並沒有預備部隊。」

「公安部的南京第一軍主力，在前線就一直追擊受到台灣軍支援的福建軍。那麼現在在上海的是哪一個部隊？」

「只有從前線撤回了兩個旅團。」

「沒辦法，只好派出其中一個旅團，這已經是我們的限度了。接下來，只能藉著上海現有兵力進行治安活動，也就是只能依賴公安部隊或武裝警察了。我們人民解放軍只不過是他們的輔助部隊而已，這點一定要轉答，並告訴他要總動員交通警察，或鄉土民間防衛隊等來鎮壓暴動。」

然而，不光是如此，反革命份子在南京軍管區內，已經開始展開了暴動。

這就是聽到上海電台呼籲暴動的演說之後，民眾們一同崛起所展現的行動。

王上將對參謀們大吼著：

「告訴上海市軍區司令員，一定要從非法份子的手中奪回上海電台，逮捕其少校，甚至可以炸毀廣播電台，殺了他們。」

參謀們立刻奔向電話。

7

趙隊長從四樓的窗戶看著前方的道路，聽到轟然的引擎聲，在建築物後面出現了幾輛裝甲車，數目大約十五、六輛。

「好好狙擊，只要破壞帶頭的車輛，後面的車子就很難前進了。」

趙隊長對在大樓窗前扛著火箭筒、準備攻擊裝甲車的隊員們說著。

裝甲車後面躲藏著公安部隊的士兵們，趙隊長拉起衝鋒槍的滑板。

部下們將車子橫倒做為掩護，並在車輛背後散開，等待敵人公安部隊的接近。

在正門附近展開的我方兵力總共二十人，以及志願加入的電台局員一百數十人。不過，他們有一部分是藉著由敵人那兒奪來的衝鋒槍和手槍，進行武裝，而剩下的幾乎都只能利用當場製造的汽油瓶當武器。

光靠這些兵力，很難阻止壓倒數的武裝公安部隊或武裝警察，但是，能擋多久就擋多久，一定要等到同志前來支援。

室內的大螢幕仍然持續播放著尹少校的呼籲，於是中國人民解放民主革命戰線的訴求，便隨著上海電台的電波，播放到全國了。

『第一班報告隊長，反坦克地雷的鋪設結束。』

趙隊長拿著無線電，在無線電中傳來小隊長梁的聲音。

「呼叫第一班。我了解了。敵人如果攻過來，就立刻後退，由第二班掩護。」

『第一班了解。』梁小隊長回答。

『第二班也了解。』李小隊長回答。

梁小隊長與李小隊長都是趙隊長的左右手。趙用望遠鏡看到裝甲車出動了。

「第一班、第二班，裝甲車即將從正面道路衝過來，準備戰鬥。」

『第一班就戰鬥位置。』『第二班隨時可以掩護。』

聽到裝甲車巨大的引擎聲，隨後原本在正面道路上的四輛裝甲車，猛然的朝向電台正面衝了過來。

隊員們從路障後面開始一齊射擊，火箭筒的白煙伸向裝甲車，立刻命中一輛裝甲車，並使其爆炸、癱瘓。而另外一輛也遭到波及，造成車身傾斜，飛到道路旁，撞到隔壁大樓的牆壁。

還有兩輛裝甲車衝了過來，在其背後陸續出現了七、八輛的裝甲車，裝甲車的機關炮發出轟然巨響。

瞬間，車子做成的路障被粉碎，躲在其背後的隊員身染鮮血倒地，路障的一角立刻瓦解。

「第一班後退，第二班進行掩護射擊。」

趙隊長對著無線電大叫。

第一班的隊員們在進行激烈應戰後，一起後退，第二班的隊員隨即從沙包陣地開始一齊射擊，掩護第一班的隊員們跳入沙包陣地。

帶頭的兩輛裝甲車逼近路障。

「就是現在！」

趙隊長對著無線電大吼著。這時，路障冒起黑煙，發生大爆炸。帶頭的兩輛裝甲車在黑煙的包圍下，彈跳到空中。

鋼鐵的車身裂開、四散，破片散落在道路上，有的則掛在後面的裝甲車上。

其餘裝甲車在路障前立刻停止，這時，火箭筒的彈頭從沙包陣地飛出。

「火箭筒兵，攻擊！」

趙隊長命令從四樓窗戶發動攻擊的反坦克兵進行攻擊，兩座火箭筒發射火箭，白煙噴向下方。

火箭筒彈頭命中一輛裝甲車的砲塔，裡面的彈藥隨即引爆了裝甲車。

另外一枚則命中另一輛裝甲車的後方引擎，在激烈爆炸的同時，使得裝甲車無法動彈。

砲塔的頂門打開，駕駛和砲手滾了出來。而躲在裝甲車背後前進的士兵們，開始對沙包陣地進行射擊。

「第三班，射擊！」

當趙隊長呼喊的同時，手上的衝鋒槍對準敵兵掃射，而第三班的部下們也用衝鋒槍攻擊敵兵。

由於來自四樓窗戶的狙擊，敵兵們立刻應聲倒地。於是敵兵們倉皇後退，裝甲車的攻擊也停止了。

裝甲車一邊掩護士兵們，一邊後退，站在窗前看到這一切的局員們，都紛紛喝采！

「不能夠鬆懈，這一次要毫不留情地攻擊。」

趙隊長對局員們大叫著。

然而，火箭筒的彈頭所剩無幾，架在四樓窗戶的二座火箭筒發射器，都各剩下一枚彈頭。

趙隊長對著無線電叫著。

「第一班，還有沒有火箭筒彈頭？」

『這裡沒有！』梁小隊長說道。

「反坦克地雷呢？」

『先前的爆炸就已經全用完了。』

「第二班如何？」

『火箭筒彈頭還剩下三枚而已。』沈小隊長回答。

趙隊長緊咬著嘴唇，現在只剩使用汽油瓶攻擊裝甲車這個方法了。可是，現代的裝甲車光靠少許汽油瓶的火力，是不可能燃燒的。而且著火的油必須侵入內部，否則不可能爆炸。

趙看著螢幕，螢幕上的尹少校繼續訴說著：

『……各位勞工同志！公安部隊和武裝警察部隊正對進行民主革命呼籲的上海電台發動攻擊，愛國的勞工以及學生們，現在趕緊跑到上海電台來防衛。反動勢力為了中斷這個民主演說，而發動攻擊，但我們一定要死守電台直到最後，即使身處於電台的我們受到鎮壓，我們還要持續播放民主演說。我再申明一次，愛國勞工們，拿著武器立刻到電台來防衛，民主派市民、學生們，立刻趕往電台，我們直到最後都要保護民主革命之火……』

趙隊長看著街道，這時，機關槍彈掃射玻璃窗。

大家全都趴下來找地方掩護，趙隊長用望遠鏡看著工廠地帶，還沒有勞工的支援出現。他們應該全體進行總罷工，但是為什麼放棄我們呢？

「第四班，聽得到嗎？」

趙隊長對著無線電低語著。第四班是留在敵人背後的偵察班，班員只有六人，他們負責擾亂後方的任務以及報告敵情。但是，到目前為止，第四班的無線電卻一直沈默著。

難道第四班已經落入敵人之手了嗎？如果公安逮捕俘虜，一定會對他們嚴刑拷打，到時，敵人就會知道我們的兵力很少，只是時間上的問題而已。

『……報告隊長。第四班回答。』

趙聽到了輕微的回答。偵察班的任班長是前人民解放軍的准尉，是專業的偵察隊員。

「報告狀況。」

『敵人兵力增強，現在坦克隊渡過大橋，數目為三十輛。為了奪回上海電台而派遣出來的公安部隊，已經陸續進入浦東地區。』

「勞工有沒有行動呢？」

『他們只是在工廠內集會而已，並沒有展開行動。』

聽到任班長的回答，趙隊長緊咬著嘴唇。

暴動失敗了。如果進行罷工的勞工不能全面崛起，就不能保護這個電台。

「隊長，裝甲車又開始行動了。」

火箭筒兵小魏說道。

聽到高亢的引擎聲，而且隔著道路聽到了沈重的引擎聲和履帶聲。

『第四班報告隊長。』

「聽到了。」

『坦克部隊到達了，正朝你們那兒出發，是T—59改良坦克。』

真的來了嗎？趙隊長已經下定決心。T—59改良坦克是前蘇聯製坦克，不過，由於是進行現代化改良坦克。比裝甲車更難對付。即使擁有火箭筒，也不可能輕易地使其無法動彈。當然，根本不可能用汽油瓶來對付。

「敵人的攻擊已經開始了。」

小魏看著火箭筒的準星說著。

8

北鄉看著電腦螢幕。

冬冬少年正移動著滑鼠，按下滑鼠、敲打著鍵盤，對電腦下達指令。

冬冬少年，是北鄉所擁有的少年偵探團、暗號名為秋玫瑰當中，最優秀的駭客之一。年紀只有十六歲，父親是電腦技師，現在在北京大學研究所研究，而他從父親那兒遺傳了電腦方面的才能。

「老大，公安好像打算反探測。」

「沒問題吧？」

「目前還沒什麼問題。現在好不容易才到達荷蘭的網路業者那兒，接下來還必須到達羅馬、倫敦、波士頓、洛杉磯、夏威夷、東京、漢城等地，時間是三十分鐘，只要在這期間內處理完畢就可以了。」

「三十分鐘嗎？趕緊進行吧！」

「好，好。遵命！」

聽到電子音響起，電腦螢幕上排列一大堆數字，其中一個開始閃爍，便按兩下滑鼠。

「現在侵入北京電台的電腦。」

北京電台的視窗打開，要求密碼。冬冬少年笑了笑，立刻敲下密碼。

「怎麼辦？這些傢伙現在只想趕緊去除正在播放的民主革命戰線的螢幕。」

眼睛注視著電腦螢幕，畫面中中國人民解放民主革命戰線的尹少校，正在上海電台尋求民眾的支援。

「這個節目可以傳送到什麼地方？」

「因為是用衛星傳送的方式，所以只要CNN掌握到，就可以讓電波飛往全世界。」

「整個世界？那麼中國國內如何呢？」

「因為是利用北京中央電台的程式來播放，所以只要是北京所負責的地區，不管什麼地方，都可以看到這個節目。」

盯著另一個電腦螢幕的冬冬大聲叫著。

「老大，北京中央電台終於解除了電波插口。」

「能夠妨礙它嗎？」

「當然！交給我吧！現在我正對他們的電腦程式使用電子炸彈。」

北鄉來到冬冬的控制台前，盯著電腦螢幕看。

「啊！這是怎麼一回事？」

「現在只要北京電台的任何人打開電子信箱，就會受到病毒感染。」

電腦螢幕突然改變，聽到電子音響起。

「賓果！哈哈！對方中計了。現在北京中央電台的電腦受到病毒的侵入，程式陸續遭到破壞。」

冬冬一邊喝著可樂，一邊敲打鍵盤。北鄉看著隔壁的控制台。

「好，好！太棒了！就這麼辦吧！明明，南京電台情況如何？」

明明咬著餅乾，玩弄著滑鼠。

「沒什麼問題，還在我的控制之下。」

「好！狀況不錯。」

「好！好！」

明明也很有節奏的敲著鍵盤，笑了起來。

冬冬少年叫道。

「老大，對上海電台的攻擊開始了。該怎麼辦？」

「有沒有支援的方法呢？」

「現在情報已經進入網際網路中，來自世界各地向北京、上海公安局抗議的電子郵件一定會蜂擁而至，到時恐怕會擠滿電子郵件。」

「有沒有更有效的作法呢？」

「了解。好吧！用我的絕招。破壞上海公安的電腦，癱瘓他們的通訊系統。」

「就這麼辦吧！」

冬冬少年快速地敲打鍵盤，按下滑鼠，畫面不斷地改變。

遠處聽到好像放煙火似的連續爆炸聲，還有槍擊聲，由於窗戶有隔音設備，只聽到輕微的冷氣運轉的聲音。

北鄉走向窗邊，從百葉窗的縫隙可以遠望上海電台。那裡冒著黑煙，黑煙籠罩著電視台。

大樓之間可以看到裝甲車移動，坦克隊從大橋的方向陸續前進，相反的，周圍工廠街也看到罷工中的勞工們，正群起朝向上海電台的方向前進。

勞工終於獲得電台尹少校的呼籲，展開行動了。

9

趙隊長帶領第三班的部下，搭乘升降梯來到一樓。

在一樓大廳拿著汽油瓶的局員們，面露嚴肅的表情，在那兒等待。趙隊長跑到正門，而隊員與局員沿著正門鐵柵欄的圍欄移動轎車與卡車，並將其排列在一起，形成臨時的路障。

在正門前動彈不得的裝甲車，有好幾輛都冒著黑煙。空氣中聞到屍體的焦臭味，以及汽油刺鼻的臭味。以第二波裝甲車為後盾的攻擊，由於受到火箭筒的阻攔，而被擊退了。

但是，已經沒有任何可以使用的火箭筒彈頭，只剩下汽油彈、手榴彈，以及靠衝鋒槍作戰了。

在市內的同志雖然想用卡車載運炸藥與火箭筒的彈頭前來支援，但是，電台周邊都被敵人重重包圍，不可能輕易接近。

或者，也可能會在中途遇到崗哨盤查，而被逮捕也說不定。總之，他們無法前來，只能利用現有的武器作戰。

坦克的履帶聲響徹大廈間，在滾滾硝煙當中，對面道路出現了幾輛T—59改良坦克。

「來了！等到坦克衝過來、碰到路障時，大家就一起扔汽油瓶，讓路障燃燒，然後就退離路障，佔據大廈作戰。在扔汽油瓶時，一班、二班、三班作掩護射擊。」

趙隊長大叫著。雖然右手臂的傷口仍在疼痛著，但是現在也無暇顧及了。坦克一定會突破熊熊燃燒的路障，但是，已經沒有其他對抗的方法了。

五輛坦克沿著四線道的道路一字排開，排列成橫隊，並將砲塔一致對準這兒。

突然，五輛坦克的一〇〇釐米砲陸續發出轟然巨響，並冒出火花。砲彈持續命中電台大樓二、三樓的部分，瞬間鋼筋水泥牆便塌了，窗戶玻璃被震碎，並且掉落滿地。

掉落的瓦礫直接打中隊員或局員，聽到哀號聲的局員們跑了過來，推開瓦礫想要幫助隊員與同事。

『警告占據電台的反革命份子領導者，立刻放下武器投降，並將人質局員放出。如果投降，就可以保障生命安全。我們只等三分鐘，如果不舉白旗投降，我們會毫不留情地開始攻擊。這裡是人民解放軍第五十二旅團副旅團長孫上校。』

躲在路障後面的隊員們，手上緊握著槍，一直在等待攻擊敵人的時機。趙隊長手上拿著麥克風，站在倒下的轎車上。

「我是中國人民解放民主革命戰線的指揮官，趙忠誠隊長，回答第五十二旅團孫副旅團長。吃屎吧你！」

趙隊長伸出一隻手，豎起中指，隊員和局員們都笑了起來。趙隊長跳下車子。

「唉！就快來了！我們要戰到最後一人為止。」

趙隊長拿起衝鋒槍，用嘴巴啣著手榴彈的插銷，拔了出來。

『……三分鐘到了。這是最後的呼籲。叛亂份子立刻投降！』

沒有任何回答。於是，坦克引擎聲再度響起，履帶轉動、砲塔移動，一〇〇釐米砲保持水平，準備攻擊成為路障的車子。

這時，聽到了呼喊聲，在坦克的背後出現大批群眾。

扛著中華人民共和國國旗的勞工們，雖然聽到此起彼落的槍聲，但是，公安部隊立刻被人潮吞沒了。

在坦克背後的士兵們，愕然的看著從後方湧到的勞工們，蜂擁而上的群眾吞沒了人民解放軍。

在坦克行列間如洪水般的勞工，立刻包圍坦克。

「人民解放軍，是誰的同志？」「是勞工兄弟的同志？還是北京反動政府的同志？」

群眾大聲呼喊著，人民解放軍士兵面露困惑的表情。雖然他們扛著槍，但由於無法對手無寸鐵的勞工們射擊，只好繼續後退。

趙隊長看到這個情況，終於安心地嘆了一口氣。

「隊長，接到四班的聯絡。」

小魏遞出無線電，趙隊長回答無線電。

「第四班，告知狀況。」

『來自工廠的勞工們大舉坐在道路上，阻止後續的坦克前進。雖然公安部隊與武裝警察想要加以排除，但是，勞工們採用石頭、棍棒應戰，逼退他們。人民解放軍坦克隊在勞工、市民的抗議前無所適從。』

「好，很好！」

趙隊長拍手，局員們則互相擁抱，感到非常高興。不過，雖然隊員們都鬆了一口氣，但是還不能放鬆警戒。

勞工終於站了起來，第一階段的作戰成功了。

趙隊長變換無線電的周波數。

「呼叫天龍！」

『這裡是天龍。』

「這裡是昇龍，作戰成功！這裡必須持續占領，但是武器不足，要求趕緊補給人員、彈藥、物質等。」

『了解。同志學生部隊不久就會到達了。』

「了解。」

趙隊長切斷無線電的開關。

坦克隊開始後退，人民解放軍的士兵隨著坦克一起後退，耳邊傳來鼓掌與喜悅的呼聲。

幾千、幾萬名勞工衝到正門前，為了保護電台而集體坐在那兒。

接著，又重新響起歡呼聲，在與坦克隊消失街角相反的方向，出現了示威隊伍。而且，還聽到了喇叭聲，幾輛卡車按著喇叭，在那兒喧鬧著。

「這是怎麼回事？」

梁小隊長皺著眉頭，沈小隊長與趙隊長相視而笑。

「的確是非常華麗的登場，就好像慶典一樣熱鬧。」

「讓人想起天安門事件。」

趙隊長表情輕鬆地說著。

終於坐在正門前的勞工們紛紛拍手，陸續站了起來，讓開一條路。第一輛卡車出現了，貨台上滿載拿著武器的學生們的卡車，駛進群眾裡。接著，又有好幾輛卡車出現。

趙隊長數數卡車的數目，卡車有十二輛，其中後面五輛是載著武器彈藥的卡車。

隊員們終於面露微笑。十二輛卡車進入打開的正門內，駛進電台的庭院。而在其後頭，則有分成幾十輛自用車及小型卡車的學生們，揮舞著手跟隨著。

聽到擴音器的聲音。

『全面罷工的勞工、市民們，我們是中國人民解放民主革命戰線，我們把武器運來了，和我們一起拿起武器，為了民主革命而崛起吧！不論是北京、南京、杭州、徐州、淮南、武漢、濟南，為了打倒反動反革命北京政府的勞工、學生、市民們，讓我們崛起吧！人民解放軍中的同志們，也開始呼籲我們崛起了。來自上海民主革命的火焰已經點燃，讓我們為停止戰爭而努力，打倒利用軍事政變掌握政權的軍人們。』

勞工們大聲喝采著。卡車的車篷被掀開，車上載滿了裝著槍砲、炸藥的木箱子，將其陸續交給伸出手來接著的群眾們。卸下的木箱在打開蓋子之後，裡面的武器被分給周圍的勞工。

「革命！」「貫徹革命！」「反對戰爭！」「打倒軍部！」

群眾異口同聲地叫喊著。

趙隊長對著無線電說道：

「呼叫天龍，這裡是昇龍，學生部隊到達，武器已經分給民眾。」

『了解，進入作戰的第二計劃。』

聽到天龍的回答。

『了解，了解。』

趙隊長切斷無線電。拿到武器的勞工們，開始保護電台建築物的周圍。

10

「什麼！沒有辦法擊垮上海電台？坦克隊撤退了？」

王上將生氣地敲著桌子，南京軍副參謀長鄒上校用手帕擦拭著汗水。

「根據當地司令的報告，電台的周邊被幾萬名的勞工、市民包圍著，阻礙了我們的掃蕩作戰。人民解放軍上海司令部，害怕因為鎮壓一部分的叛徒，而使得許多民間人士捲入殺傷之中，再加上也害怕會引發天安門事件，因此，暫時讓坦克隊撤退。」

「這些我看電視就知道了，上海司令部怎麼這麼軟弱呀！怎麼可以讓這麼惡劣的節目一直播放，卻無法中斷呢？」

王上將用下巴示意，指著電視畫面。

電視上正播放著在上海電台建築物屋頂上所拍攝到的光景。電台的前庭與周圍國旗林立，到處都擠滿了群眾，根本無立足之地。人波搖盪，人人高唱著國歌與勞動歌。

女性播報員以興奮的語氣，報導人民解放軍坦克隊在眾人拍手中撤退的情景。畫面成為移動轉播車的映像，播出了群眾們的表情。拿著麥克風的播報員，正在播放著群眾興奮的聲音，以及訴說失業痛苦的中年男性。此外，還有兒子必須參與戰爭，結果卻成為遺體被送回來，含淚訴說傷心事的母親，以及責怪北京軍事政權過錯的學生們的聲音。

「難道沒有辦法停止這些節目的播放嗎？再這樣下去，不光是上海，恐怕南京、武漢，甚至南京軍管區全區都會擴大反政府運動。」

「是的。的確如此。」

「使用空軍轟炸機從空中轟炸電台，或者是利用導彈攻擊呀！」

「但是，這樣會增加犧牲者，如此一來，會對叛亂的火種更加火上加油。」

「派遣攻擊直昇機部隊，利用空挺部隊或特殊部隊奪回電台呀！」

「現在雖然沒有辦法阻止節目播放，但是，參謀部已經不斷地在尋求對策。」

「有沒有什麼好方法？」

王上將從椅子上站了起來，看著窗外的情況。

南京軍管司令部的建築是一棟兩層樓的老舊建築物，司令員室在二樓深處。從其窗外可以看到廣大的庭院，在綠意盎然的樹林間，可以看到古老的城牆。

南京舊市內在南京城中，近年來由於改革開放政策，城牆外高樓大廈、辦公大樓、飯店林立，南京也變成了現代都市。

電話響起，站在旁邊的副官立刻拿起電話。

「司令員室。是的，司令員在這。」

副官宋中校面露緊張的神情，將話筒交給王上將。

「司令員，是中央軍事委員會秘書長秦上將。」

王上將不高興地接過話筒。

「是的，我是司令員王傳友。」

『王司令員，現在告訴你的是中央軍事委員會的決定。中南海對這次上海事態深感憂慮，如果不能將其弭平，上海的火種就好像燎原之火一樣，恐怕火花會飛向全國各地。所以，希望司令員直接指揮，儘管使用各種手段，徹底鎮壓叛亂份子，即使付出任何犧牲也在所不惜。北京政府全面信賴您，希望你做出妥善的處置。』

「正如你所說的，上海勞工與平民們聚集在一起，如果我軍發動攻擊，會出現很多犧牲者，這樣也無妨嗎？」

『沒辦法的事情。幫助反革命反政府叛亂份子的人，要毫不留情地痛下殺手，做出斷然的處置才行。要讓他們了解到，對中央政府叛亂會產生什麼樣的結果，而這就是最好的手段。』

「知道了，我會負責鎮壓。不過，全部的責任都由中央軍事委員會負責嗎？」

『當然囉！這不是你的責任。但是，如果不能鎮壓，任由這些叛徒胡作非為，那你的責任就重大了。我就是要告訴你這一點。』

「知道了，只要中央軍事委員會能夠了解，並且下達命令，我就容易辦事了。我會盡全力鎮壓暴徒及叛亂份子。一旦成功，可以保障我的處境嗎？」

『當然囉！你是有功之人，一定保障推薦你成為中央軍事委員候選人。』

「我知道怎麼做了，你等著瞧吧！」

王上將掛上話筒。

「長官，下達命令了嗎？」

「是的，現在已經不能再猶豫了。要採取斷然措施，進行鎮壓。趕緊召集軍管區的參謀們！」

「知道了！」

副參謀長鄒上校向王上將敬禮。

11

聽到運輸機的聲音在天空飛翔。機內沒有任何的座位，弓與所有的人都被繩子綁在一起，坐在運輸機的地上。

沒有安全帶，只是用繩子將他們綁好之後，全部排成橫列。繩子的一端勾在運輸機艙壁上的掛鉤，用來代替安全帶。

就好像牛馬一樣，受到宛如家畜般的待遇。

弓看著在一起的囚犯們，都坐在運輸機狹窄的內部。不分男女囚犯擠在一起，人數大約有二百人。

在前方的地面上，坐著女性囚犯，後方則是男性囚犯。前座與最尾端的坐位，還有幾名負責看守的警衛一同搭機。

弓不知道自己會被帶到哪裡去，但值得安慰的是，小蘭就在自己的附近，而在前列還有范鳳英。不過，在後方的男性囚犯當中，並沒有看到劉進，劉進可能搭乘另一架運輸機吧！

弓等人半夜被叫起來，而且不讓他們知道會被帶到哪裡去。所有人被分成幾輛卡車，從收容所被運出來。

最先到達的地點是上海郊外的空軍基地，在那兒有幾架大小前蘇聯製的運輸機，後來弓等人搭乘的是An—12運輸機。

「要用運輸機把我們帶到哪裡去呀？我還以為是用火車運送呢！」

小蘭坐上運輸機時，悄悄地對弓這麼說。

這時，女警衛的鞭子揮了過來，打在小蘭的身體上。

「誰說可以說話的？絕對不能說話，如果破壞規矩，就不準你們吃飯！」

女囚們全都沈默不語，小蘭緊咬著嘴唇，瞪著女警衛。

運輸機在深夜出發，飛行了大約十八小時。雖然沒有時鐘，無法得知正確時間，但是，為了補給燃料，曾經在陌生鄉下地方的機場著陸兩次。

雖然時間很短，但因為每一次後面的門都會打開，所以全部的人都會被趕下飛機，休息一小時。

最初到達的機場，是有晨霧迷漫、綠色田園的機場。周圍有青山，不過遠處白茫茫的一片，標高較高的山很少。

第二個降落的時間是在正午，機場位在乾燥的荒地當中，四周只看到黃褐色的山。太陽從正上方直射，讓走到外面的弓等人覺得非常的熱，體內直冒汗。大夥在這兒解決午餐。

第三次著陸是在下午很晚的時刻，太陽已經西下。在一片雜草的機場看不到一架戰鬥機，只有木造的管制塔，而且非常安靜。

這兒可能是以往很少使用的基地，天空中雨雲低垂，即是現在，也好像要下雨似的，濕氣很重。

只在這兒停留了一下子，便立刻起飛。由於飛機好像是追逐太陽飛行似的，因此知道是飛向西方。

運輸機的機身排列著小的圓形舷窗。

由於坐在地上，從舷窗只能看到安裝在機身上方的機翼以及天空、螺旋槳，看不到外面的景色。從舷窗看出去，天空和雲逐漸帶有紅色，玻璃窗映著彩霞的顏色，便知已是黃昏。

難道真的會被帶到新疆維吾爾自治區的山岳地帶去嗎？

每當運輸機遇到氣流不穩定時，機身便會下沈或著搖晃，令弓覺得很不舒服。

囚犯中似乎有人是頭一次搭乘飛機，每次遇到氣流不穩的時候，就會大叫，而且因為暈機讓人覺得很不舒服，甚至有人當場暈倒。

運輸機似乎沒有增壓裝置，當高度上升時，便感覺空氣稀薄，必須要張開大嘴吸入空氣，否則就會覺得呼吸困難。其他人似乎也是同樣的，不停地張嘴吸氣。

轟隆隆的引擎聲似乎降低不少，同時，機身高度開始下降，隨機人員與警衛的動作也開始變得慌亂起來。弓心裡想，應該快要著陸了。

在機內一直坐著，已經感到非常厭煩。不管到哪都好，只想趕緊著陸，想要站在大地上呼吸新鮮的空氣。正思及此，望著小蘭，她也打了個呵欠，點了點頭。弓想，小蘭和自己的想法是相同的。

警衛們坐在座位上，停止閒聊。這時，安裝在機艙壁上的信號燈變成紅色，聽到蜂鳴器響起，警衛們趕緊捻息香煙，綁上安全帶。

機身大幅往右旋轉，弓看著右手邊的舷窗，可以看到外面荒涼的山地，而陽光從舷窗照了進來。

機身、機翼傾斜，在山地上空盤旋、下降。也許正如小蘭所說的，可能會被帶到人煙稀少的邊境監獄吧！

弓感到很不安，看著小蘭。然而小蘭卻面露安詳的神情，對她點了點頭。

機身突然受到激烈的撞擊，不知道哪個部分爆炸了，耳邊傳來哀號聲。

機身開始震動，警報響起，紅色的信號燈閃爍不停。

警衛們都慌了手腳，機身就好像雲霄飛車一樣，開始上下起伏移動。弓等人感覺好像被繩子吊在天花板似的，但接下來又被撞擊在硬梆梆的地上。

有些人因為頭部用力撞擊到地面，以致於昏了過去。

墜機嗎？

弓看著四周，發現隔著舷窗可以看到引擎部分燃燒著火焰。

原本應該有兩個引擎，但現在其中一個已經不見了。右機翼的一半也因為爆炸而斷裂，剩下的引擎也冒著黑煙，燃燒著火焰。

機身往右傾斜，開始急速下降。從舷窗外可以看到茶色的大地，而警衛們全都抱著頭，趴在座位上。

囚犯們每當機身上下左右、激烈搖晃時，就會朝上下左右靠攏，或者被拋出去。有人跌斷了頸骨，有人手腳不自然的彎曲，幾乎都已經昏倒了。

弓拼命抓著繩子，配合直搖、橫搖的動作，拋出自己的身子。如果方向相反，就會受傷。因為會一直撞到前後左右人的身體，只好拼命努力不讓自己受到太嚴重的打擊。

引擎持續發出不規則的聲音，還在爆炸，而機身依然傾斜，並且開始慢慢飄舞著。

已經不行了，弓大叫著。如果是惡夢，希望自己趕緊醒來。

突然，覺得機身前方往上拉起，原本落下的機身垂直起來，弓和囚犯的身體一起滾到後方。

弓壓在某個人的身體上，同時也有幾個人的身體壓在弓的身體上，呼吸都快停止了。幾頓重的壓力好像壓碎了自己的胸，產生了巨痛感。啊！好痛苦！不能呼吸了！

弓大叫著。這時，父母、兄弟、親朋好友，以前的戀人、老師，還有小蘭、范鳳英的臉，就好像跑馬燈一樣，在腦海中旋轉著。

接下來的瞬間，仍然維持機頭往上的姿勢，機身劇烈撞擊到地面，就好像巨大的榔頭往下砸一樣，撞擊力非常強大。

耳邊傳來巨大的爆炸聲響，剎時頭腦一片空白。

弓就這樣墜入了黑暗的深淵。

第二章 台灣南北戰爭

1

有人在呼喊著弓的名字。

是媽媽的聲音，弓覺得頭痛欲裂。

「弓，起來了，上學要遲到了。」

什麼學校嘛！根本不想去上學，頭好痛喔！這種日子就算到學校去，也沒有辦法集中精神上課，還是會想睡覺。

「不可以！起來！快起來！不快點走的話，上學要遲到了！」

母親粗魯的搖晃自己的身體，到底在說什麼呀！我不是高中生，我已經是大學生了。

不！等等！我已經大學畢業，而且出國留學了呀！媽媽在說什麼呀！

「呀！妳醒了呀！小弓！趁敵人還沒來，趕快逃走吧！」

媽媽語氣非常的嚴厲，聽得出來是中國話。這是怎麼回事？媽媽怎麼會說北京話呢？

「小弓，快起來！」

並不是母親的聲音，有人正用力地搖晃自己的身體，而且拍打自己的臉頰。

到底是誰呢？採用這麼粗魯的叫人方式。咦？這個聲音不是小蘭嗎？到底是怎麼一回事？

弓揉揉眼睛，戰戰兢兢地睜開，看到眼前小蘭灰頭土臉的樣子。在小蘭身旁，看到淚眼汪汪的范鳳英。

弓打算站起身來，左腳卻因為非常痛而讓她皺起眉頭。

「看來左腳斷了，但是沒關係。小心點喔！」

小蘭扶著弓，范鳳英也過來幫忙。弓突然清醒過來。

周遭已經亮了，看來似乎天剛亮，可以看到起伏的茶褐色山脈。

「這是哪裡呀？」

聞到屍體的焦臭味，弓記起的確曾坐過飛機，然後飛機引擎爆炸……。

一想起墜落的運輸機，弓覺得心驚膽戰。

在附近荒地上的運輸機殘骸依然冒著黑煙，其周圍散亂著很多具屍體，無數的蒼蠅圍繞著屍體打轉。

「我們獲救了。」

「是真的嗎？」

弓慢慢地坐起上半身。

「是呀！我們運氣真好。」

鳳英的左手臂用夾板固定，並用繩子吊在脖子上，在她臉上還有流過血的痕跡。而小蘭似乎肋骨骨折，痛到整個臉都歪了。

「總比死掉的好。」

「是呀！這麼多人在墜機時死亡，或者是因為後來發生火災而被燒死，妳好不容易才獲救呢！直到現在，我似乎還可以聽到有人在叫『救命！』」

鳳英哭了起來，小蘭溫柔地扶住鳳英的肩膀安慰著她。

「我們也無可奈何呀！無法幫助他們。只有我們獲救，這大概是神的安排吧！」

「只有我們獲救嗎？」

「只有我們三個人還活著。其他的囚犯和警衛、組員們，全都死了。」

弓看著散亂在荒地上的飛機殘骸及屍體。

「先前敵人的偵察機還在上空盤旋，所以，在敵人趕來之前，如果不從這兒逃走，又會被送到收容所去。」

「起來吧！」

弓扶著小蘭的肩膀想要站起來，但卻站不起來。就算站起來，也不可能走路。

「唉呀！一定要處理一下。」

小蘭從飛機殘骸當中找到拐杖型的支柱，鳳英則拿來了可以當成夾板的破片，以及燒掉的繩子。

「用牙齒咬著。」

小蘭將撿來的枯樹枝遞給弓，弓點點頭，咬住小樹枝。小蘭和鳳英將弓折斷的大腿用力拉直，使其恢復成直的狀態。

弓咬緊牙關、忍耐疼痛，兩個人趕緊將取代夾板的破片抵住大腿部，用繩子捲起來固定好。

「做得好！」

鳳英從弓的口中取下小樹枝。

「這樣比剛才好吧！」

小蘭扶起弓，將手杖交給她。

「扶著我的肩膀走吧！」

小蘭讓弓扶住自己的肩膀，弓左手拄著拐杖，右手搭著小蘭的肩膀，慢慢開始前進。雖然劇痛貫穿整個左腿，但是她依然忍耐著往前走。

「到哪去？」

「往西邊吧！總之往西去就好了。」

「為什麼？」

「直覺呀！這是動物的本能嘛！」

小蘭笑了。三個人經過運輸機座艙的殘骸旁，座艙雖然被壓扁，但是並沒有燒起來。

「等等！」

小蘭跑向座艙，從窗口將手伸進飛行員的屍體，不知道在找些什麼。終於，找到了一把手槍，她跑回兩人身邊。

「拿來護身用，將來不知道會發生什麼事情。」

小蘭拔出自動手槍的彈匣，確認裡面有子彈，然後將其插在腰間的皮帶上。

「走吧！」

「小蘭不管在什麼地方，都能冷靜地判斷，我就沒有這種本事了。」

弓搖搖頭，鳳英也點點頭。

「我什麼都想不到。」

「是訓練，只要訓練，在萬一的時候，就不會慌張。不過只有這一次我認為自己死定了，原想怎麼可以這樣就死掉，沒想到真的活了過來。總之，要不要活下去，就看自己的氣魄了。」

「可是，為什麼只有我們獲救呢？真是非常神奇！」

「我們坐在囚犯當中，而且，是在大家的中間。因此，我們受到的撞擊比死去的人少，再加上我們很快就醒來了，可以用破片割斷繩子，否則，就像別人一樣，成為機身的墊子，沒有辦法動彈，也許會被燒死，真是運氣很好！」

「其他人真是可憐呀！」

「為了他們，我們必須活下去，不可以在這兒白白死掉。我們要為他們作戰，否則就對不起他們！」

小蘭以氣憤的語氣說著。

三人爬上小高丘，可以遠望四方，但是卻沒有看到人煙，只有三六〇度起伏緩和的黃土。到處是被石頭、沙子掩蓋的荒原，而在遙遠南方可以看到白雪蓋頂的山嶺。

「這到底是哪裡呀？」

弓詢問著小蘭和范鳳英。

「可能是新疆維吾爾自治區吧！否則就是內蒙古自治區。」

「就這樣往西去，會到哪裡去呢？」

「一定有城鎮或村落，先到達那兒再說。」

三個人朝著斜坡走去，因為如果待在墜機現場附近，很快就會被趕來的敵人逮捕。

三個人持續走了好幾個小時，越過無數起伏的山丘，渡過許多枯竭的小池，然後又爬上山丘。

炙熱太陽一直照在自己的頭上，所以每走一、二個小時，就躲在岩石陰暗處休息片刻，否則就無法抵擋暑熱。

已經沒有辦法再繼續走下去了。三個人躲進岩石後太陽晒不到的地方，躺在那兒休息。雖然想喝水，但是，枯竭的水池裡看不到一滴水。

「唉！再這樣下去，只能等到晚上了。我想，走了這麼遠，就算搜索隊前來，也不會立刻被發現的。」

在小蘭的提議之下，三個人躲在陰涼處休息，一直等到夜晚。

因為太熱，而三個人又太累，所以躺下來之後便立刻睡著了。弓陷入了深沈的睡眠當中。

不知道睡了多久，突然聽到腳步聲，弓醒了過來。

這時，太陽已經下山，附近開始吹起涼風。小蘭和范鳳英還在睡覺，聽到男人的說話聲後，弓搖醒小蘭。

「有人來了。」

小蘭張開眼睛，握著手槍。弓搖著鳳英的身體，鳳英也醒了。

「噓！」

突然間，有人影從頭上飛了過來，小蘭跳起來用手槍對準人影，男子起腳一踢，踢中小蘭的手臂。

聽到手槍發射聲，手槍被踢飛後掉在岩石上，幾名男子從岩石上跑了下來。

全都是臉上蒙著布的男子，小蘭打算跑去撿起手槍，而男子身體一動，便踢中小蘭的腰。

小蘭大叫著，隨之跌倒在地。弓用手杖從男子背後毆打他。手杖擊中男子的後頭部，結果斷裂了。

「……」

男子發出怒吼聲，回頭看著弓。

眼中充滿著怒氣，鳳英保護著弓，站在他的面前。

周圍男子們放聲大笑，手上都拿著槍，對準弓三人。

踢中小蘭的男子，用一腳便踢飛了鳳英的身子，並踢向弓的臉頰。

「做什麼！」

弓用日本話大叫，男子們笑了起來。

「……」

突然，背後的岩石上傳來尖銳的聲音，男子們都安靜下來，並回頭一看。好像是頭上裹著頭巾的老人，抱著槍走了下來。

老人用充滿皺紋的手提起弓的臉，仔細檢查她的頸項、耳洞和頭髮。

「住手！別像在檢查家畜一樣，」

弓撥開老人的手，老人嚇了一跳，凝視著弓。老人眼中充滿著笑意。

老人不知道對男子們說些什麼，男子們好像很不滿似的，七嘴八舌在那討論著。

「這些人到底是誰呀？難道是遇難飛機的救援隊嗎？」

「一定是這附近的居民。」

「喔！他們會幫助我們嗎？」

「可是看這個樣子並不像呀！」

「感覺好像他們在什麼好地方發現女人似的。」

「難道對女性太過於飢渴嗎？」

弓感到自身的危險，縮起身子。小蘭則感到非常納悶。

「這些人好像在討論些什麼。」

小蘭對鳳英與弓說著。

弓側著頭，聽起來好像是聽過的話語，鳳英小聲說道。

「可能是維吾爾話或是哈撒克話吧！」

「也許可以和他們溝通喔！」

「咦？妳會說嗎？」

弓想起以前住在同一宿舍裡的維吾爾族姑娘童寧，從她那兒曾學到了一些維吾爾話。

弓拼命的想著從童寧那兒聽來的問候語。

「……」

老人以驚訝的表情看著弓。

「妳會說我們的話？」

「一點點，我朋友是維吾爾族的姑娘。」

「叫什麼名字？」

「叫童寧，也叫寧寧。」

「童寧？」

老人重複說了一次。

「……」

毆打弓臉頰的男子發出尖銳的聲音，向大夥提出警告。男子們突然停止說話，周遭變得非常安靜。

遠處傳來車子的引擎聲，老人不知道對男子們說了些什麼。

一名男子吹著口哨，同時亦聽到口哨的回音。從枯竭的水池下方聽到了馬蹄聲，突然出現幾匹馬。

「騎馬！」

男子用清晰的北京話命令弓等人，小蘭和鳳英都以驚訝的表情看著男子。

「我說騎馬！追兵趕來了，不快點騎上馬，就把妳們留在這裡！」

「你會說北京話，為什麼一直沈默不語呢？」

小蘭瞪著他，男子笑了。

「妳沒問我呀！」

「我不能騎馬。」

弓抬頭看著馬背，骨折的腳根本沒有辦法跳上馬背。

男子嘆了一口氣，待自己騎上馬後，將手伸向弓，而其他的男子則將弓的身體推上馬背。

小蘭和范鳳英也在其他男子的幫忙下，終於騎上馬背。

「快點！追兵好像聽到先前的槍聲，正朝這兒過來了。」

男子很快地說著，同時用腳踢馬腹，馬開始奔馳。弓覺得自己快要從馬背上跌下來，因此慌慌張張地抱住男子的身體，聞到男子的身體瀰漫著羊脂的臭味。

弓騎乘的馬快步朝著枯竭的水池小徑奔馳而去，後面跟著小蘭與鳳英等人所騎乘的馬。

終於，馬來到山陰的盆地，那兒有幾十騎的騎馬隊，正等待著老人的馬兒到達。

「是我們擊落了那架運輸機。」

男子很驕傲的對弓說。

「你說什麼？為什麼？」

「示威呀！」

男子用手指著騎馬隊中一人的背部，這名男子背上背著前蘇聯製的攜帶用防空飛彈。

「發射一枚，問候一下那架飛機呀！」

「你說什麼?那架飛機上載了很多參加反政府運動的政治犯呢！」

弓瞪著男子，男子以生氣的語氣反駁她。

「妳說什麼?擊落那架飛機才能夠救妳們，我們是恩人耶!妳們竟然不道謝，還責備我！」

「既然要擊落飛機，為什麼不擊落戰鬥機或轟炸機?因為你們而失去了二百多名同志的性命，笨蛋!笨蛋!笨蛋！」

弓用拳頭敲打男子的背部，男子以困惑的表情策馬前進。

弓一行人終於消失在黑暗的荒野中。

2

成都軍區司令部　8月9日　十時

劉小新以直立不動的姿勢，站在軍區司令員丁善文少將的面前，丁司令員眼光落在手邊的文件上。

「劉小新中校，這是總參謀部給你的轉屬命令，你從今天開始就隸屬於蘭州軍區新疆維吾爾自治區軍司令部。」

劉小新聽到這番話，宛如晴天霹靂，懷疑自己是不是聽錯了。這是為什麼呢？難道總參謀部已經不需要自己了嗎？

「我非常同情你的父親。」

「啊？我父親怎麼了？」

劉小新皺著眉，不知道父親發生什麼事？

「你不知道嗎？」

「不知道。什麼事呀？」

丁司令員緩緩地抬起頭看著劉小新，並用下巴向同室的副官示意，要他離開到室外去。

「你去吩咐下人端兩杯茶來。」

副官中校回答：「是。」並在敬禮之後走出司令員室。

劉小新發現自己心跳加快，因為自戰爭開始以來，還沒有與父親劉大江取得聯絡。

父親擔任上海海軍參謀長的重職，在與美日海軍的戰爭中，全力以赴。父親到底發生什麼事呢？難道父親戰死了嗎？還是……。

當門關上時，丁將軍臉上露出微笑，笑了起來。

「不要太拘束，坐下來吧！」

丁將軍催促劉小新坐在桌前的沙發上，他自己也慢慢移動到沙發，坐了下來。劉小新雖然有點困惑，但還是淺坐在將軍對面的沙發上。

「要不要抽煙呢？」

將軍將煙盒遞給劉小新，自己掏出一根煙來。

「謝謝。我的父親怎麼了？難道他……」

劉小新看著丁將軍。

「不用擔心，你父親並沒有死掉。」

「是嗎？」

劉小新鬆了一口氣，聽到父親沒有戰死，覺得是個好消息。

「我同情他，是因為這一次你的父親離開了海軍參謀長的寶座。」

「父親被降職了嗎？」

「雖然這是軍方的極秘情報，但你是參謀，應該知道這件事。我們的航空母艦在與日本海軍進行海戰時失敗，失去了一艘重要的航空母艦，再加上很多的驅逐艦被擊沈，所以你父親為了負責，便辭去了海軍參謀長的職務。」

劉小新對於自己疏忽了最近的戰況，感到非常抱歉。

不過，從前線回到重慶市司令部之後，根本沒有閒著。這一次日夜兼程繞到成都軍區司令部，所以也無法知道詳細的戰況。

不只無暇看解放軍報或人民日報，連軍方的機密情報也不可能接觸到。

「不過，你父親的降職原因似乎不光是如此。雖然沒有詳細的情報，但是我知道你的父親已經被國家保安部逮捕拘留。」

「被逮捕？」

難道不只被降職這麼簡單的事情嗎？劉小新不停地眨著眼睛。

「嗯！現在好像被軟禁在上海某處。」

劉小新緊咬著嘴唇。

「這一次你的辭令可能也與你父親被逮捕有關吧！總之，總參謀部的賀堅上校直接打電話給我，要我好好的照顧你，我想你只好暫時待在邊境了。」

「是嗎？」

劉小新逐漸明白整個事態了。

一定是國家保安部要求逮捕、拘留自己，而知道這件事的賀堅上校便故意不叫自己去北京，而安排自己到國家保安部不容易出手干涉的邊境新疆維吾爾自治區去。

「看來你深得賀堅上校的信賴喔！」

聽到敲門聲，將軍指示部下進入，年輕的女少尉端了兩杯茶，走了進來。少尉將茶擺在兩人面前後，便退出房間。

「如果你對於調職這事感到不服，我可以向總參謀部說說。但是，從賀堅上校的意思看來，你最好還是暫時不要回到北京。」

「是的，我會服從命令，轉調到新疆維吾爾自治區的軍司令部去。」

丁將軍掀起茶碗蓋，啜飲著茶，同時對劉小新說：

「也許你不知道，我和你父親是軍事學院同期的同學，而當我在漢口高級步兵學校時，你的祖父非常照顧我。你的祖父是我們的教官呢！」

劉小新現在想起自己死去的祖父，劉達峰。

劉達峰是曾經與毛澤東、鄧小平一起進行過長征的軍人，並在戰後的步兵學校與軍政大學擁有很多的學生。原來丁將軍也是祖父教過的學生之一，想到此處，不禁佩服祖父的偉大。

「你的父親很優秀，和我這種差勁的學生是不同的。正因為如此，你的父親才能拔擢到海軍參謀部，很快就出人頭地。而當我成為軍區司令員時，他便已經擔任率領中國海軍參謀長的要職。他對祖國敬忠，是愛國心很強的人，所以聽到你的父親被國家保安部逮捕時，我真的很驚訝！一定是弄錯了。」

「我也認為是弄錯了。」

「一定是遭人嫉妒，而想要扯他後腿。一旦捲入中央權力紛爭中，就不輕鬆了。」

丁將軍催促劉小新喝茶，劉小新道謝之後，啜飲著茶，覺得已經好久不曾品嘗到茶香味了。

「在新疆維吾爾自治區的烏魯木齊市，有位以前在我手下工作的上尉韋乾。他雖然是個魯莽男子，但，卻是值得依賴的人。很會說當地話，對於當地的情況也很了解，你可以和韋上尉取得聯絡，經由我的介紹，他一定會鼎力相助。現在新疆維吾爾自治區比起成都軍區，其戰火更炙烈，暴動、誘拐、游擊戰，什麼事情都有。而軍司令部和參謀們眾集了一些有個性的人，也許你會受到相當粗魯地歡迎。但是，你要忍耐一陣子，如果發生了你無法忍受的事態，可以直接對我說。雖然新疆維吾爾自治區是蘭州軍區的直轄區，不過，我也認識蘭州的軍區司令員，我可以和他說說。」

「謝謝您！」

劉小新深深地向丁司令員鞠躬，表示感謝之意。

3

搭乘An—32雙引擎貨物運輸機，穿越了茶褐色的沙漠地帶後，高度便開始下降。綁好安全帶的燈號亮起，劉小新的視線從文件上移開，綁緊先前鬆開的安全帶。

「終於平安無事到達了。」

坐在隔壁的回中校在額頭上浮現著大顆的汗水。回中校是負責蘭州軍區總後勤部烏魯木齊地區事務的將校，由於被傳喚到蘭州軍區總後勤部本部，才剛從蘭州出差回來，是個非常開朗的男子。在搭乘飛機時，一直不厭其煩地說話。

狹窄的機內除了劉小新和回中校以外，還有從蘭州一起搭機的中尉與少尉，以及似乎是其部下的士官長六人。

他們全都穿著野戰戰鬥服，臉都曬成紅銅色，目光銳利、佈滿血絲，絲毫不敢放鬆。雖然很少交談，但他們似乎才剛結束掃蕩游擊隊的作戰，正前往本部，讓人感到新疆維吾爾自治區的狀況非比尋常。

在機內後方，滿載著用網子蓋住的糧食與彈藥等軍事物資。

「你聽說了嗎？昨天在同一個空域，一架大型的運輸機準備著陸，結果卻被游擊隊的對空飛彈擊落，組員與載運的囚犯二百多人，還有警衛十二人都死了。囚犯都是反政府運動的人士，而殺死他們的人也是他們的同夥人，可以說是自作自受。就因為這裡還是非常不平靜的地帶，所以每一次飛到這個地方來，我都會嚇得一身冷汗。而且，幾乎每天都有空軍機被擊落，上個月包括直昇機在內，就有八架被擊落，連司令部都感到震驚，於是督促駐紮在地方的部隊，進行對游擊隊的掃蕩作戰。可是，由於這個廣大沙漠和山岳地形，使得神出鬼沒的游擊隊實在是難以收拾，再加上武器彈藥不足，所以軍隊也都感到非常疲累了。況且，如果徹底追趕，游擊隊會越過國境，逃到哈撒克或是蒙古。即使想要加強國境的守備，但對於四千公里長的國境，是不可能全都顧全的。於是在我們鬆懈時，游擊隊又會越過國境跑回來，甚至還攜帶了俄羅斯製或美製的最新武器。」

回中校好像要壓下引擎聲似的，大聲的叫著，而劉小新也適時地附和，隔著舷窗看著茶褐色的大地。

沒有草，沒有樹木的乾燥大地，就算是游擊隊，到底他們躲在什麼地方呢？劉小新看著夕陽西下，形成黑色陰影的起伏山嶺。

可能游擊隊們巧妙地利用深谷或山地的凹陷處，或乾枯的河床來躲藏吧！想到今後必須要與游擊隊作戰，便令他心情沈重。

看到地上有一大堆的建築物。在廣大的平原上，排列著低矮的建築物，寬廣的道路縱橫遍佈在住宅之間。此外，還是可以看到水泥建造的大樓。

運輸機開到機場的跑道，在一個大盤旋後朝著跑道飛去，並降低高度，目標滑行跑道降落。

「每次在著陸時，我都最緊張。你知道嗎？飛機的意外事故有八成都是因為起飛降落時的失敗所造成的。我是無神論者，但只有在這個時候會向神佛祈求平安無事，一旦著陸之後，立刻就忘記了。」

回中校一個人裂開大嘴，在那兒笑著。

劉小新點點頭，感覺機身平安無事地著陸了。在滑行跑道旁排列著漆上沙漠色迷彩的米格戰鬥機，而掩蔽壕中也有米格戰鬥機在待命。

機場各處都堆起了沙包陣地，並且可以看到機關槍座。

「終於著陸了，真是無聊的旅程。不過，能夠與劉中校輕鬆地談話，也不會覺得無聊了。」

回中校鬆開安全帶，對劉小新笑著。運輸機停止了在滑行跑道上的滑行，慢慢地到達滑行道。那些穿著野戰戰鬥服的男子們，也以輕鬆的表情看著舷窗外。

「劉中校，頭一次到烏魯木齊吧！」

「是的。」

「有空的時候，可以到後勤部的事務所來，我會帶你去好地方喔！烏魯木齊的居民大都是回教徒，雖然不能喝酒，卻有好女人喔！而且，都是絕色美女。只要有錢，想要做什麼都行。我可以帶你到好地方，你一定要找我喔！能夠在飛機上相遇，也是一種緣分嘛！」

「好的，有空的時候一定會去拜訪。」

劉小新想到終於可以從回中校的饒舌中解放出來，便輕鬆地伸了伸懶腰。穿著野戰戰鬥服的中尉與少尉們，以銳利的眼光瞪著劉小新與回中校。

喂！我可不是回中校的同類喔！不要用這樣的眼神看我。劉小新不禁內心苦笑。

後面的門被打開了，中尉等人慢慢步出機外。劉小新背著軍用背包，和回中校一起從運輸機上走下來。

穿著戰鬥服的中尉們，坐上前來迎接的小型巴士，揚長而去。同時有兩輛車在一旁待命。

「那麼，就在這兒分手吧！後會有期了。」

回中校趕緊搭上插著後勤部旗幟的轎車，而劉小新則走向一輛前蘇聯製最骯髒的巡邏車。坐在駕駛座的士官長悠閒地等著，沙漠色迷彩野戰服的前襟敞開著，一條髒毛巾圍在脖子上。

「劉中校嗎？我奉命來接你。」

「辛苦你了。」

劉小新將背包放在後座，坐上了助手席。這時駕駛粗魯的開動了車子。由於巡邏車沒有頂蓋，風沙迎面撲了過來。

「我是姜士官長。我打算先帶你去宿舍，你覺得怎麼樣？」

「我想先去司令部向大家打個招呼，讓他們知道我已經到了。」

「了解！」

姜士官長一面開車，一面哼著歌。經過機場通用門時，警衛紛紛向劉小新敬禮，而劉小新也一一回禮。

車子出了基地。外面的道路狀況很差，整條路上幾乎看不見車子，只見到用馬拉的運貨車。車子駛過之處，莫不猛然揚起一陣沙塵。

士官長拿起圍在脖子上的毛巾遮住口鼻。

「中校是頭一次到這裡嗎？」

「是的，第一次。」

「很快就會適應了。我來這兒三年，對這裡的步調早就非常習慣了。入境隨俗嘛！」

「…………」

「食物最差了，總有一股羊騷味，甚至連糞都有羊騷味。不過住在哪兒都算天堂，反正只要沒有游擊隊就好了。」

車子因為路面的大坑洞而猛烈彈跳，但士官長卻絲毫沒有減速的舉動，依舊飛快地行駛。劉小新只好緊緊抓住車上的把手。

夕陽西沈，路上看到許多滿載貨物的驢子或駱駝被人牽著走，到處都是磚瓦搭蓋的建築物。許多衣衫襤褸的孩子在路上踢著布製的足球，開心地玩耍著。

鎮上各處都有攤販、理髮店、雜貨店、賣水店、鞋店、藥草店、飲茶店等，還有一些不知道名字的店鋪。大家都把賣的東西堆在簍子裡，頂在頭上，悠閒地走著。

隨處可聽見叫賣的聲音，和中國話完全不同。路人們穿著的民族服裝也不大一樣。肌膚黝黑，鼻子高挺而帶點鷹勾。濃眉大眼，留著滿臉黑色落腮鬍。劉小新覺得自己好像踏入異國似的。

又開了好一會兒，終於離開凹凸不平的道路。兩側開立的商店也不太一樣，看起來好像北京或廣州郊區，有一些水泥造的小店鋪，而經營的幾乎都是漢人同胞。

這時，姜士官長頭一次放慢車行的速度，摸了摸胸前的口袋，掏出一個壓得扁扁的菸盒。

「要不要抽煙？這是從伊朗走私進來的菸喔！」

劉小新掏出一根菸，叼在嘴裡。士官長單手靈活地用火柴點燃香菸，劉小新也藉火柴的火點燃菸。

前方有一輛舊型公共巴士駛了過來，揚起滾滾煙塵。車上塞滿了人，甚至連樓梯口都擠滿乘客。巴士頂上滿載貨物，車身因為超重而顯得有些傾斜。

劉小新看著擦身而過的巴士，看起來好像是輛開往遠方城鎮的長程巴士。

「前面街道就是市政府和司令部了，而宿舍則在較遠的郊外……。」

背後突然響起一聲巨響，沙土夾雜了碎片與石塊飛了過來。

士官長立刻猛轉方向盤以閃避迎面飛來的碎片，接著又加快速度往前開。

「畜生！」

姜士官長踩著油門。

「怎麼回事？」

劉小新回頭望，原來是那輛傾斜的巴士發生爆炸，起火燃燒，黑煙已經從車身冒出來了，不斷傳來哀號與哭泣的聲音。

「士官長，停車！我們掉頭回去！」

「不行！趕緊走吧！」

「為什麼？那輛巴士載滿乘客，一定有很多死傷者，我們得回去幫助他們啊！」

「這是炸彈示威。如果這個時候掉頭，我們會被激憤的民眾打死的！」

「你說什麼？」

「這裡的人非常討厭我們。想要活久一點，就別隨便同情別人。我告訴過你的，要入境隨俗！」

劉小新不知該說什麼，只能眼睜睜看著燃燒的巴士。難道就任由憤怒的群眾毆打我們嗎？劉小新感到非常難以置信。

突然有石塊飛來，擊中擋風玻璃。朝著石塊飛來的方向望去，一群身著骯髒民族服裝的孩子們狠狠的瞪著劉小新等人。

「你看到了吧！」

士官長生氣地說著，將方向盤往右打，巡邏車在十字路口右轉。

前方可見用護欄隔絕的檢查站，後方則有一棟棟白色外牆的建築物，應該是市政府或司令部之類。裝甲運兵車及步兵戰鬥車團團圍住建築物，將砲塔一致向外，好像在護衛這些建築物似的。

車子駛往檢查站的沙包陣地，人民解放軍戰士們扛著槍，陸陸續續跑出來。士官長舉起手上的通行證，侍衛立刻升起護欄讓我們通行。

檢查站的上尉走向車子，朝劉小新敬禮。

「劉中校，非常歡迎您來到烏魯木齊。」

4

台灣．新竹省轄市．鳳山溪南岸　8月9日　十八時

低垂的夜幕又再度造訪戰場，夕陽西沈的天空掛著血紅色的雲。

砲轟結束了。

先前絡繹不絕的砲彈爆炸聲停止了，現在非常安靜，甚至可聽見耳鳴聲。

吳上尉推開坦克指揮官座的頂門，從坦克的砲塔探出頭去，原本落在車頂的小石頭及沙土全都滾落車身下。

空氣中盡是硝煙的臭味，到處都是黑煙。裝甲運兵車及坦克被敵人的九五釐米砲彈直接命中，現在都無法使用了。

第七機甲旅團的M—48坦克隊與M113步兵戰鬥車隊，埋伏在鳳山溪南岸的

草叢中，等待進攻的敵人。吳上尉率領第三坦克中隊，負責最右翼的防衛線。

新竹省轄市北方三公里附近的頭前溪，及距頭前溪北方五公里遠的鳳山溪流貫其間。

雖然稱不上大河，但這兩條溪流都是沿著台灣背脊「雪山山脈」的傾斜坡而注入台灣海峽。河川深削入山中，形成很深的溪谷，所以才稱為頭前溪及鳳山溪。

自中國軍隊強行登陸以來，兩軍對峙的前線地區主要就位在這兩條流域間，戰況則是時好時壞。

昨天有敵軍的步兵戰鬥車進駐鳳山溪南岸，而今天又被我方同志重新奪回占領。

鳳山溪河邊可以聽見潺潺的溪流聲。

在溪流岸邊，依舊可見動彈不得的M－48坦克，以及塗成迷彩的M113APC裝甲運兵車的黑色殘骸。此外還有冒著黑煙的車輛。其中也夾雜著中國軍隊水路兩用裝甲步兵戰鬥車WZ551的殘骸。

當風向轉變，颳起北風時，屍體燒焦的臭味及腐臭味撲鼻而來，剛開始只要聞到就想吐，但現在也已經習慣了。

偶爾戰火緩和的時候，想盡辦法要帶回同袍的遺體，但敵軍毫不留情的射擊，逼的只能將遺體繼續放在那兒，真是令人不忍。

「三中隊長呼叫各小隊，趕緊報告損害情況。」

吳中隊長對著嘴邊的無線麥克風輕聲說道。一面注意周遭的狀況，一面用望遠鏡觀察河的對岸。風吹起一陣硝煙，他小聲的對著麥克風說話。

「二號？」『無損害！』

二號車的李少尉精神飽滿的回答。二號車躲在右手邊的草叢中，只看到一〇五釐米砲的砲身。

平常，坦克中隊是由兩輛中隊本部以及十二輛三個小隊，總計十四輛編制成的。但現在吳上尉率領的第三坦克中隊，有五輛在先前的戰鬥中受損，不能使用，因此只剩下九輛。

『一小隊沒事。』『二小隊沒事。』『三小隊，十二號損傷嚴重。組員沒有回答，可能有死傷。』

「救護班快來！」聽到悲痛的聲音。

『救護班，了解！』

又有一輛受損，因此第三坦克中隊只剩八輛坦克了。吳上尉突然想起十二號車組員們的臉孔，但他立刻拂去腦海中悲傷的思緒。

現在不是為部下之死而悲傷的時候！砲轟結束後，敵人可能很快就會發動攻擊了！

「小心！敵人攻過來了！」

吳上尉用望遠鏡看著鳳山溪對岸。田園被燒得滿目瘡痍，樹林因為被激烈的砲轟戰波及，大部分的樹幹都被折斷或被燒成灰燼。而岸邊高高的草叢仍舊是藏匿的好地方，敵人一定隱身在草叢中，窺探這邊的情況。

『敵人展開行動了，位置在二二〇與三一四……。請求砲擊！』

無線電接收器中傳來偵察員的聲音。前進觀測點位在對岸的雜樹林中，逐一報告著敵軍的動向。

砲手利用地圖確認位置。敵人可能是偵察隊，或是負責擾亂對方的特殊部隊。

「敵人的規模如何？」

『還不知道，這裡看不到。』

「了解。」

吳上尉將無線電的頻道轉為三。

「來了，絕對不可以讓他們渡河，一旦登陸就糟糕了！」

吳上尉對著嘴邊的麥克風輕聲說道。散開的第三中隊的部下們都聽到了。

戰鬥的一開始雖然對台灣政府軍（南軍）有利，但由於在敵人剛開始登陸時無法有效阻止，因此目前仍在作戰當中。倘若敵人一旦登陸，想要將其擊落海中是極為困難的，因為這時的敵人也沒有退路，因此會拼命反擊。

第七機甲旅團與第二機械化師團、第二十二步兵師團攜手合作，打算從新豐沿著海岸線北上，防止敵人的登陸。沒想到，途中遇到敵人設在北湖村到新屋間的防衛線。北軍第一機械化師團的支隊與首都警備師團主力，遭遇中國海軍陸戰隊頑強的抵抗，無法阻止他們的進擊。

但第九機甲旅團繞道敵人防衛線，進入前線後方的攻擊奏效，北軍頓時陷入大混亂中。第七機甲旅團與第二機械化師團全線突破敵人的防衛線，甚至逼近到敵人登陸的觀音海水浴場。

停放在海邊的中國海軍艦艇利用火箭彈及艦砲攻擊，強力支援登陸部隊。中國軍越過海峽，將多彈頭導彈發射到新竹省轄市內以及補給基地，使得從後方奔馳而來的第八、第十二機甲旅團、第三、第八步兵師團蒙受極大損失。

同時，中國的空軍又利用運輸機和滑翔機，在前線背後的山間部空降旅團規模的空挺部隊，從後方突擊南軍。

北軍得到新登數萬步兵部隊增援，重新調整態勢後，展開猛烈的反擊。登陸的中國軍隊準備了大量反坦克武器，使第七機甲旅團、第九機甲旅團、第二機械化師團進行近距離攻擊時，屢屢受到重創。

在混戰當中，第七機甲旅團與第二十二步兵師團攜手合作，卻依然遭受損失，其原因在於機甲部隊與步兵部隊無法同步進攻。每當機動力較強的機甲部隊往前衝時，步兵部隊總是無法立刻跟上。突破前線，過度深入的坦克無法獲得同志的支援，因此不得不與敵人的步兵部隊正面戰鬥。

由於坦克缺乏我方步兵支援，變成了步兵的反坦克火箭及ATM反坦克飛彈攻擊的目標，因此使不必要的損失持續擴大。

無法得到空軍的空中支援也是原因之一。我方空軍軍機早已升空準備進行支援，卻遇到大陸飛來的中國軍機迎擊，遭到空對空飛彈的攻擊。

而且敵人步兵部隊擁有大量的攜帶型防空飛彈及地對空飛彈SAM6、雷達追蹤式防空火器，擊落了我方許多架戰鬥轟炸機。

除了陸軍的攻擊，直昇機部隊也加入航空支援。但同樣也受到大量的防空飛彈攻擊，造成十多架直昇機被擊落。

最後只好讓中國軍登陸，先前好不容易推進到觀音海岸的前線又被敵人推回來。敵人發動總攻擊迫使前線後退，現在的防衛線已經退到鳳山溪南岸。

吳中隊長從砲塔上的小圓頂探出身子，看看附近的草叢。由於躲在河堤，或利用樹葉和草巧妙的偽裝，因此即使是同志也不易發現坦克的位置。

第三坦克中隊三個小隊的二十七輛M—48坦克、七輛M113步兵戰鬥車，以吳中隊長乘坐的坦克為中心，在左右成橫向隊形散開。

第七機甲旅團仍可戰鬥的坦克大約只剩七十輛。其中以第七機甲旅團，吳上尉所屬的第一大隊損害較少，有二十三輛M—48坦克可以繼續戰鬥。第二、第三大隊的損傷嚴重，耗損率超過六成。

現在第二大隊與第三大隊暫時會合，聚集二十五輛可以繼續戰鬥的M—48坦克，重新編成第二大隊後，再重返戰線。

第九機甲旅團的損害，比第七機甲旅團更為嚴重。

第九機甲旅團朝中山高速公路的重慶北路挺進，想要突襲北軍第一機械化師團一個機械化大隊，及側面偷襲首都警備師團主力。第九機甲旅團暫時突破敵人的防衛線，進入敵軍的範圍。

但由於過度深入，被降落在背後山間部的中國空挺部隊堵住退路，又遇重新調整態勢的北軍、中國聯軍夾擊，遭受集中性的反擊。

由於得到空軍決死的航空支援，第九機甲旅團總算勉強突破包圍網。原先一二〇輛的坦克、步兵戰鬥車中，只剩下十二輛，而其中可以繼續戰鬥的僅僅七輛。

第九機甲旅團幾乎全軍覆沒，因此，司令部命令滿身瘡痍的第九機甲旅團退到後方，與第八機甲旅團交替。

第二機械化師團的損失也很大。

第二機械化師團號稱具有機動力，它是由M113APC裝甲運兵車、M113裝甲步兵戰鬥車，及M－41輕型坦克等編成的。然而其裝甲裝備根本無法和MTB的M－48坦克與M－60坦克相比擬，戰力非常薄弱。一旦受到反坦克火箭或ATM飛彈攻擊時，根本無招架之力。

結果，裝甲運兵車及輕型坦克都被破壞五成以上，只好由機械化步兵以下車戰鬥方式與敵人對抗。

『大隊本部呼叫全中隊長！敵軍開始出動，在後方有一百輛T－54坦克、水路兩用步兵戰鬥車開始移動。是聯隊規模的機械化部隊，已通過觀測點。距離……』

在後方監控的大隊本部發出通知，吳中隊長命令砲手：

「準備戰鬥。發現敵人立刻射擊！」

「完成戰鬥準備。」

「第三中隊長通知各小隊。敵人接近中，方位〇二〇，距離四千公尺。敵軍是水路兩用步兵戰鬥車，不要讓任何一輛渡河！」

吳中隊長對著麥克風低語。

『了解。』

各小隊長回答。

根據S2的報告，登陸基隆港的敵人機械化部隊已沿中山高速公路的重慶北路南下，而先遣部隊已經到達鳳山溪北岸。

『第三中隊，有沒有任何新發現。』

第一大隊長石少校的聲音從無線電裡傳來。

「還沒有發現。」

『偵察要員偷偷摸了過來，要嚴密警戒！』

「了解！」

吳中隊長回答。

「好安靜啊！好像暴風雨前的寧靜。」

敵人的攻擊雖停止，但此時絕不能鬆懈。不知道敵人藏身在哪裡？

前方二公里處突然冒出白煙。吳中隊長用望遠鏡偵察敵情。白色煙霧慢慢散開，遮住了樹林與耕地。

「終於來了。」

吳中隊長輕聲對著麥克風說道。

『觀測點通知大隊本部，約七十輛坦克通過，緊接約四十輛步兵戰鬥車，是大隊規模。位置在……。』

前進觀測員告知座標。

經過不到幾秒鐘，頭頂響起咻咻的聲音。砲彈在一瞬間落到前方煙霧的耕地裡，掀起一陣風沙，隨即聽到淒厲的炸裂聲。

『修正位置。位置二二五、二二六。』

觀測員修正著彈位置。接著又有數枚砲彈劃破長空，連續在先前著彈位置周邊著彈，爆炸聲震耳欲聾。

我方砲兵隊開始支援砲轟。吳上尉從小圓頂中用望遠鏡觀測著彈地點，砲彈準確的落在距離前方五公里處。

耳邊聽到無線電傳來的吵雜聲，吳上尉專心聽著無線電傳來的消息，臉上露出驚訝的表情。

『對全車下達緊急指令。發出空襲警報，導彈來襲！』

「又來了！」

一枚導彈突然劃破頭頂上雲雨而來。發出獨特聲響的導彈，在遙遠上空裂開，好像煙火般形成一輪火花，彈頭四散分開。

這是中國軍第二砲兵發射的多彈頭飛彈「東風」。吳中隊長立刻躲進小圓頂內，關上頂門。

由母彈頭分出來的十多個子炸彈，毫不留情對散開在戰場上的M—48坦克進行攻擊。躲在狹小的車內，砲手和裝填手駕駛員臉上的表情都僵硬了。

坦克與裝甲車輛的正面或側面裝甲板通常較厚，能有效抵抗正面或側面的攻擊，可是卻無法承受來自正上方的攻擊。

受到炸彈直接攻擊的M—48坦克與M113APC裝甲運兵車，霎時遭到破壞，冒起黑煙爆炸。只要落下一枚導彈，十多輛裝甲運兵車會在瞬間粉碎，冒出熊熊火焰。

爆炸聲此起彼落，應該是落在附近的炸彈爆炸了。地軸開始激烈搖晃，不時聽見砂土或小石子落在裝甲板上的聲響。

「好接近喔！」

吳上尉看著砲手李士官長，趕緊利用潛望鏡觀測前方的狀況，只看見前方的河灘。

同志持續砲轟對岸，各處揚起滾滾沙土，大地猛烈的晃動。一旦命中時，金屬碎片四處飛散，夾雜著坦克噴出的黑煙。敵人一定會趁著砲轟時拼命進擊。

『S點發現敵人裝甲車WZ551。』

又聽到前進觀測員的通報。吳上尉對無線電的麥克風叫道：

「準備戰鬥，敵人來了！」

發動引擎，聽到高亢的排氣聲，坦克彷彿重新活過來似的開始震動。

「發現敵兵！一點鐘方向。」

看著潛望鏡的駕駛員大叫著，吳上尉似乎感覺到微暗河岸的草叢中有動靜。

吳上尉掀開頂門，從小圓頂中探出身子，用望遠鏡觀測草叢。

的確沒錯！雖然敵軍利用草和樹葉掩護，但河岸的斜面的確是在移動。

砲手李士官長也從隔壁的頂門探出頭來，將一二·七釐米的車載機關槍槍口朝向對岸。李士官長拉起滑板，豎起拇指做出發射準備完成的信號。

「射擊！」

吳上尉命令砲手。

李士官長拉著機槍的發射桿，高亢的槍聲響起，彈殼飛濺，曳光彈在河面跳躍，吸入對岸的小草叢。

草叢中有草塊飛出，跌落到河面上。這時有幾個人影慌慌張張地在草叢中移動。

李士官長繼續攻擊，草叢的移動更顯慌亂，同時對方也展開還擊，槍口的噴口不停迸出火花。吳上尉鑽入小圓頂中。這時，打開的頂門中彈，聽到金屬聲響。

「小心！」

「沒關係！」

李士官長若無其事的繼續發射機關槍，吳上尉又從頂門探出頭去。

其他坦克的機關槍也開始發射，而對岸也展開機關槍及自動步槍的攻擊。對岸各處都可見槍口迸出的火花。

RPG—7反坦克火箭拖著白煙尾巴劃破天際，不久白煙墜入了這邊的草叢中，砰地發出爆炸聲響。

「擊中了嗎？」

吳上尉看著爆炸的地方，炸彈直接命中埋伏在河堤的M—48坦克。冒著黑煙的草叢不斷搖晃著，組員們紛紛滾出來。

隨著機槍的掃射，滾出來的組員們全都身染鮮血倒地。

「畜生！」

李士官長胡亂掃射機關槍，又聽見RPG—7發射的聲音。對岸各處噴出白煙，全都朝這邊飛來。

一枚成為最近彈掉入身旁的草叢，掀起了一條火柱。土煙及大量土沙撒落在吳少尉和李士官長的身上，而李士官長並不理會，持續用機關槍掃射。

這時，對岸的反坦克火箭飛來，陸續擊中我方的坦克及裝甲運兵車，被擊中的車輛紛紛冒出火焰。

李士官長的機關槍怒吼著。

「攻擊！」

吳上尉命令裝填手伍長。伍長一邊看著潛望鏡，一邊拉起與砲身同軸的七・六釐米機關槍的扳機桿，不斷聽到空彈殼朝車外吐出的聲響。

對方的特殊部隊可能為了偵察，進入了對岸的草原或耕地。

『來自S點報告。坦克、坦克，T—59開始總攻擊了。』

前進觀測員的聲音從無線電中傳來。

「李士官長！坦克來了，準備砲擊。」

吳上尉大叫著。李士官長躲入坦克中，旋轉砲塔，啟動一〇五釐米砲的砲身。

望遠鏡中可見砲彈產生的彈幕。而在彈幕之間看到T—59型坦克，是中國軍坦克軍團的橫隊突擊。在坦克群中還包括WZ551步兵戰鬥車及同型的裝甲運兵車一同湧來。

「來了！」

敵方坦克一起冒出白煙，形成白色煙幕。在煙幕的掩護之下，坦克及步兵戰鬥車全速突進，同時持續砲轟。槍林彈雨加上滾滾沙塵，令旁觀者都不禁感到害怕。

吳上尉躲進小圓頂中，緊閉頂門，利用潛望鏡看著對岸。

敵人的特殊部隊已後退，停止用槍還擊。取而代之的是對岸耕地及荒野形成的煙幕，煙幕沿著地面爬行，好像雲一般移動而來。

敵方戰車隊一口氣渡過鳳山溪，開始上岸。T—59坦克背後伴隨無數的步兵戰鬥車及裝甲運輸車，而車內必定滿載著敵方步兵。

四周變得越來越暗，吳上尉按下紅外線夜視裝置的開關。

「好好攻擊！」

吳上尉看著瞄準器，對砲手李士官長說著：

「交給我吧！絕對一發必中。一定要粉碎帶頭的坦克。」

李士官長玩弄著瞄準器的轉盤，大聲回答著。

瞄準器是火器統制裝置FCS。FCS是立體式光學測距儀，雖然比不上最新的雷達測距儀，但卻是安裝紅外線探測系統實用性極高的裝置。砲手李士官長是第七機甲旅團首發命中競賽中的佼佼者，是非常著名的砲手。

坦克戰一定要首發命中。一旦發射，就等於暴露自己的位置。如果無法擊中，必會瞬間遭受對方的反擊，成為眾矢之的。

指揮官用潛望鏡的紅外線夜視裝置，捕捉煙幕中的敵人戰車群。敵軍距離二〇〇〇公尺，在坦克射程範圍內。

「再等一等！等到進入一五〇〇公尺為止。」

「了解！」

李士官長謹慎的對準瞄準器，而裝填手屏氣凝神地在旁守候。

引擎聲和履帶環啃食大地的聲音，如雷聲般的轟隆巨響。

我方砲轟的著彈點就在前方，粉碎了從對岸挺進的敵軍坦克及裝甲車。

「一六〇〇！」

李士官長看著瞄準器叫道。

吳上尉也盯著潛望鏡，瞪著時時刻刻逼近的坦克。

「一五〇〇！」

「各個擊破！」

吳上尉對著無線電麥克風叫著。

「發射！」

李士官長大聲告知。一〇五釐米砲瞬間怒吼著震動了整個空氣。

車內尤其感受到發射音的震撼，產生似乎要震破耳膜的轟隆巨響。

坦克砲後退，空氣中瀰漫著硝煙的臭味。砲彈立刻向敵人延伸，命中帶頭的第一輛坦克的砲塔。

天空出現一道閃光，而後瞬間冒起黑煙，T—59坦克的砲塔爆炸了。

「命中！」

李士官長大叫著。

「駕駛員，後退！」

吳上尉大聲下達命令。引擎發出高亢的聲響，車身從隱藏的土中開始後退。

吳上尉按下煙霧彈的發射按鈕，聽到車外響起砰砰的發射聲。煙霧彈能掩蓋彼岸我方的位置，使敵人坦克無法瞄準。

裝填手將空彈殼從砲中抽掉，裝填新的砲彈。

坦克猛然後退，急速停止。左右方的草原射擊結束的坦克也做著同樣的動作。

李士官長看著瞄準器叫道：

「準備發射！」「攻擊！」

又聽到坦克砲的發射聲。車身搖晃，排出空彈殼，裝填手裝填新的砲彈，這時，吳上尉命令駕駛員：

「前進！到河灘避難！」

射擊後要立刻移動，脫離敵人ATM坦克砲的瞄準才行。

坦克以猛烈的速度朝河面挺進，車身激烈彈跳，就這樣從河岸下降到河灘。

由於撞擊太大，組員們都從座位上跳起。而且正如先前預料的，周圍聽到砲彈著彈的聲音。

部下的坦克同樣衝入河川窪地閃躲反擊，但附近卻出現炸裂聲及金屬遭到破壞的聲音。金屬破片甚至撞擊到車身的裝甲板。

一定有人被擊中了！

吳上尉咬著嘴唇，連續發射煙幕彈。

「不要停！繼續渡河前進。」

坦克渡河時濺起高高的水花，不斷朝對岸挺進。

河水最深處為三公尺，不過駕駛員根據先前的調查，充分掌握了淺灘的位置。

萬一深入，可以藉著空氣出入口排水，所以水不會進入車內，引擎也不會泡水。

通過淺灘，車身開始登上對岸的斜坡。吳上尉看著潛望鏡。

同時發射煙幕彈，眼前噴出了濃濃的煙霧。在正面五〇〇公尺前方看到T—59的影子。

「攻擊！」

坦克砲發出轟然巨響，冒出火光。這時吳上尉感覺眼前有白色閃光，整個世界似乎都閃耀著光輝。

接著一瞬間，吳上尉乘坐的M—48坦克發出轟然巨響爆炸了！

5

高雄・臨時總統府總統辦公室　晚間十一時

望向辦公室窗外，夜幕已經低垂，但外面並非燈火通明。因為高雄市今天進行燈火管制，所以一片黑暗。在路上行走的車子，車頭燈都塗上藍色塗料，盡量降低光亮。

外面持續響起令人不舒服的空襲警報，這已經是第十五次的警報了。

李登輝總統關掉辦公室所有照明，拉開遮光窗簾。白晝的暑熱依舊殘留著，這是南國特有的熱帶夜晚，從窗外吹入的空氣都是熱的。

為了省電而關掉冷氣。總統府藉著地下室的自家發電，並不需要借重外界的電，照理說用不著那麼節省。但李總統認為，既然自己要求國民省電，自己也應該以身作則才對。

高雄的街道陷入一片昏暗之中。熱帶性低氣壓已經覆蓋本島，厚厚的雨雲低垂，好像在哭泣一般。

這種暗雲什麼時候會放晴呢？

李總統打開窗戶，伸出手去，好像要與天神之手對合。

希望能儘早度過難關，國家能早日恢復和平、安定的日子。

而這時，厚厚的雲層中冒出如雷電般的閃光。閃光一閃即逝，只剩下深沈的黑夜。

到底是什麼光呢？

不久之後，街道的上空被一些黑色物體籠罩著。

港灣設施、幹線道路上方、公園上方、繁華街道、城鎮的住宅區及近距離的市政府宿舍大樓的一角皆是如此。

突然聽見爆炸聲，眼前可見的市政府宿舍直接遭到攻擊而爆炸。石造的建築物發出巨大聲響而崩落，水泥破片和磚瓦四處飛濺。甚至李總統駐足的窗邊也受到了建築物破片的撞擊。

爆炸產生的風壓震破了辦公室所有的窗戶，李總統不禁用手摀著臉閃避玻璃碎片，同時躲在石牆後。

爆炸之後聽到哀號聲，還有設施及建築物遭到破壞的聲響。

多彈頭飛彈！

李總統心想：這可能是「東風」飛彈。

不久後聽到消防車的警笛響起，整個街上充滿眾人又憤怒又悲傷的聲音。

這到底是怎麼一回事呢？

李總統緊咬著嘴唇。這時身後響起敲門聲，秘書官等人快步進入房內。

「總統，您受傷了嗎？」

秘書官跑向李總統。

「不要緊！官舍裡有沒有人受傷？」

「真可說是不幸中的大幸，那棟建築物裡沒有人。晚上沒有人在裡面。」

聽完秘書長的話，李總統稍微安心了些。感覺臉上有點疼痛，用手帕按壓時，發現手帕上有血，應該是飛過來的小瓦礫擦傷的。

「您的臉上受傷了！」

「這點小傷算什麼。」

李總統笑著用手帕擦著血。這時走廊傳來一陣腳步聲，國防部長謝毅和外交部長薛德餘兩人慌慌張張地進入辦公室。

秘書官拉起遮光窗簾，點亮了照明燈。

「總統，您沒事吧！」

外交部長薛德餘跑向李總統，緊張的問道。

國防部長謝毅不斷擦拭著汗水。

「彈頭就落在附近，您沒事真是太好了！」

「到底發生什麼事？情況這麼緊急？」

「情況非常危急，我軍在第一戰線全部崩潰，節節敗退。第二、第三戰線也造成影響。戰況完全改變了。」

謝國防部長擦拭著臉上的汗水向總統報告。

李總統用手制止國防部長，催促他到另一個房間。

「我在會議室聽你簡報。」

李總統說完便先行離去，秘書官慌忙的打開會議室的門，點亮房間的燈。

大桌上攤開台灣全島的地圖，一看就知道紅色膠帶標示著前線的位置，如同狀況標示板一樣，配置著敵我雙方的旗子。

李登輝總統走近桌子，這是為了在會議時能對戰況一目了然而特別製作的。

「到底是怎麼一回事？」

「敵人在第一戰線發動總攻擊。我軍設在新竹市北側的防衛線全被突破，敵軍步兵部隊已經進入新竹省轄市街，雙方現在正進行市街戰。」

國防部長謝毅將位在新竹省轄市以北的紅色膠帶移往南邊，標示在通過新竹市中央的位置。

「除了敵軍部隊進入市區之外，敵人機械化部隊也繞道新竹市，沿著中山高速公路南下。」

「我軍到底是怎麼一回事啊？」

國防部長謝毅，回頭看著站在身後的年輕參謀中校。

「請崔中校說明詳細的狀況。」

崔中校走了過來，向李登輝總統敬禮。

「就由我代替參謀總長向總統說明吧！」

「朱孝武參謀總長怎麼了？」

「是的。參謀總長正在作戰會議上演練對策，因此由我代替說明。」

李總統點點頭。

「好。這是怎麼一回事？」

「根據S2情報部的回報，突破我方防衛線的是強行登陸觀音海岸的一個中國海軍步兵師團，及一個輕步兵師團。而登陸基隆港的則是一個機械化步兵師團、一個空挺師團、特殊部隊、北軍的首都警備師團，以及第一機械化師團的二個機械化大隊。敵人對鳳山溪的三處防衛線發動攻擊。一處沿著中山高速公路的北路；第二處則是沿著與中山高速公路平行的國道橋與鐵橋；另外一處則是沿著海岸的國道橋。我軍事前已經爆破這些橋樑，但敵方利用自行搭蓋的臨時橋樑而渡過淺灘進攻。」

崔中校將旗子移動到越過鳳山溪處。

「我軍撤換受損嚴重的第九機甲旅團，以剛抵達的第八機甲旅團接替，投入戰線補強戰力，而後續的增援部隊也陸續到達。至於第七機甲旅團、第二機械化師團及第二十二步兵師團則陸續交替進攻。但是第二機械化師團、第七機甲旅團、第二十二步兵師團受損嚴重，戰鬥力大為降低，敵人採集中攻擊戰力較弱的這三處，加以突破。」

「為什麼不將戰鬥力降低的第七機甲旅團、第二機械化步兵師團、第二十二師團立刻撤退到後方，和第八機甲旅團及第八步兵師團交換呢？」

「這是因為第二戰線及第三戰線的關係。」

「第二戰線是從慈湖到烏來溪谷，由第七師團的一個大隊與前來協助的第五十一師團的一個大隊共同防守，而第五十一師團的主力則在慈湖附近與較佔優勢的敵軍交戰。由於敵軍投入空挺部隊及一個步兵師團發動攻擊，因此，戰力較弱的我軍很難守住，不得不將防衛線撤退到雪山山脈中的四稜溫泉鄉。現在，以李崠山與拉拉山連結線為第二戰線。敵人投入了從台北機場降落的步兵部隊，對第五十一師團造成更大的壓力。參謀部不光要對付海岸部的敵人，同時還必須利用第八步兵師團防範慈湖附近敵人空挺部隊的攻擊。

而第三線的狀況也不理想。這裡的敵人是原第一機械化師團的一個大隊和第三十一師團，而我方則派遣第七師團主力的二個大隊，與第五十二師團奮力抵抗。同時得到第六機甲旅團的支援，從羅東——大同線守住敵人，將前線推進到宜蘭市為止。之後，敵人又再投入了從基隆登陸的二個步兵師團，以及旅團規模的機械化部隊，戰力因而大增。由於我軍前逢敵軍，背後又有空挺部隊降落，導致形勢逆轉。現在，我軍不得不後退到蘭陽溪南岸。

雖然要求緊急增援，但參謀部認為必須加強防衛東海岸最大要衝的蘇澳軍港，因此命令隨著第十二機甲旅團北上到台中的第三師團轉換方向，要他們儘速越過雪山山脈，繞道到東海岸的第三戰線。根據偵察衛星的圖片顯示，敵人陸續在第三戰線增強兵力。再這樣下去，蘇澳很有可能會失守。」

「不是可以派遣最近的花蓮部隊到第三戰線去嗎？」

「的確。花蓮有第六十一預備步兵師團，在東海岸的台東也有預備師團的第六十二師團。但都是召集預備役，訓練還不夠。也投入了二個戰略預備的陸戰師團。若要派遣高雄的第一陸戰師團，及台南的第二陸戰師團到蘇澳，必須利用運輸船或登陸艦由海路運送。用船運送較費時，也容易遭遇敵軍潛水艇的攻擊，所以必須要派員保護運輸船團。這麼一來，可能無法應付緊急戰況。與其如此，不如讓部隊從陸路前進，較能節省時間。」

李登輝總統一邊聽取說明，一邊點點頭。

「也就是說這是無可奈何之事囉？」

「是的！」

「那麼被突破的第一戰線的情況如何？」

「第一、突破鳳山溪防線的敵人機械化部隊沿著中山高速公路南下，突破了頭前溪防衛線，目前在新竹市南方五公里的雙溪附近。我方的第八機甲旅團與滿目瘡痍的第七機甲旅團正與其交戰中。根據S2的情報，敵人機械化部隊是由北軍第一機械化師團的一個大隊、師團規模的中國軍機械化部隊，以及大隊規模的特殊部隊所共同組成的。」

「第一機械化的背叛者，居然幫助侵略軍？」

國防部長謝毅生氣的說著。崔中校繼續說道。

「第二、與敵人機械化部隊並行的師團規模的中國軍步兵部隊，追擊沿著國道後退的我軍，突破了頭前溪的防衛線。其中一部分已進入新竹市區，目前在市政府等市中心部和我軍第二十二師團、第八師團展開激烈的街頭市街戰。這些敵人部隊是大隊規模的中國軍步兵部隊，以及北軍的首都警備師團。」

崔中校在地圖上移動中國軍的旗子進入新竹市。

「第三、沿著海岸線國道進攻的敵軍部隊攻破第二機械化師團，越過第二線的頭前溪，正在攻擊新竹機場。這是北軍第一機械化師團的一個機械化大隊，以及支

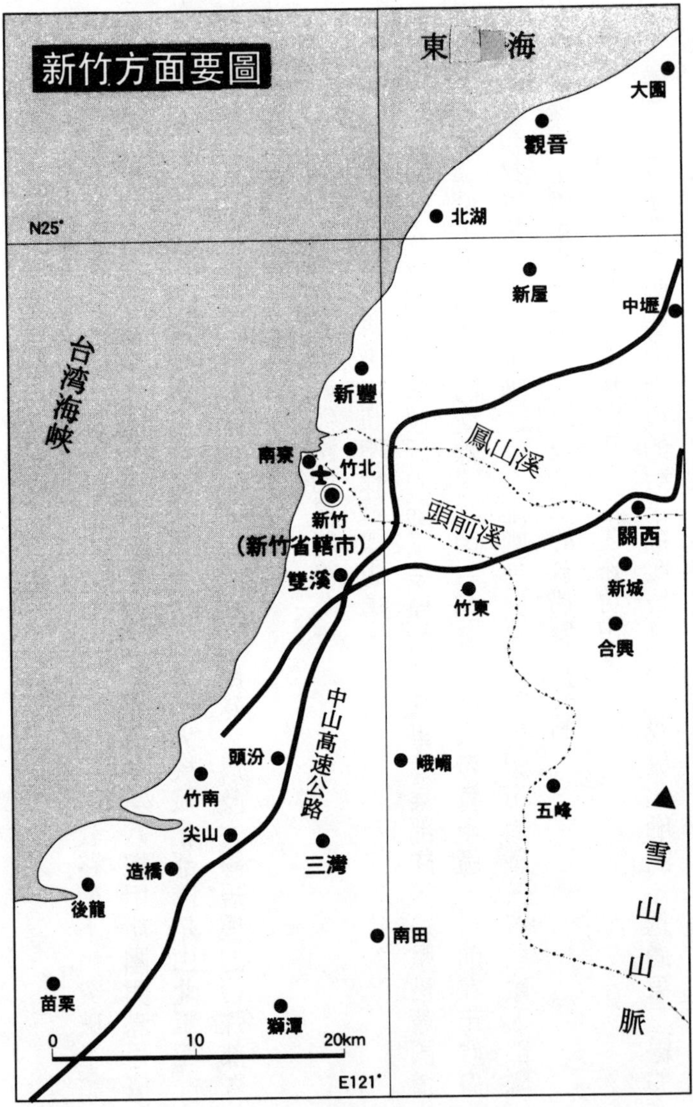
新竹方面要圖
東
海
大園
觀音
北湖
N25°
新屋
中壢
台灣海峽
新豐
鳳山溪
南寮
竹北
新竹
(新竹省轄市)
頭前溪
關西
雙溪
新城
竹東
合興
中山高速公路
頭汾
峨嵋
竹南
五峰
尖山
三灣
雪山山脈
造橋
後龍
南田
苗栗
獅潭
0
10
20km
E121°

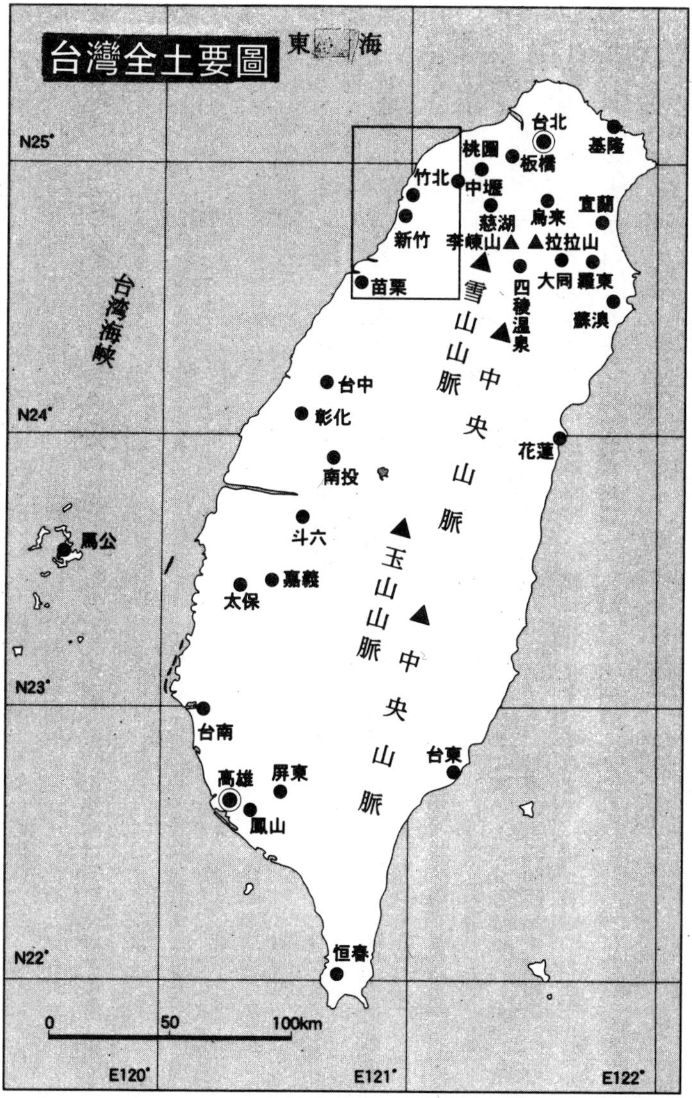
台灣全土要圖
東海
台灣海峽
台北
基隆
桃園
板橋
竹北
中壢
宜蘭
慈湖
烏來
新竹
李崠山
拉拉山
大同
羅東
苗栗
四稜溫泉
蘇澳
雪山山脈
中央山脈
台中
彰化
花蓮
南投
斗六
馬公
嘉義
太保
玉山山脈
台南
台東
高雄
屏東
鳳山
恒春
N25°
N24°
N23°
N22°
0
50
100km
E120°
E121°
E122°

援該隊的一個中國軍陸戰師團和旅團規模的空挺部隊。」

崔中校大幅移動地圖上代表北軍的旗子，前進到新竹機場前。

「戰線一一被切斷。到了夜晚，戰況變得非常混亂。根據S2的情報，敵人海軍步兵部隊（中國海軍陸戰隊）佔據新竹市東的南寮海岸地帶，建立了橋頭堡，似乎是為了確保來自海上的增援與補給。北軍機械化大隊與敵人空挺部隊攻擊新竹機場，猛攻第二機械化師團與守備隊。」

李登輝總統嘆了一口氣。

「今後作戰情況如何？絕對不允許他們繼續進攻下去！」

「必須要趕緊調整態勢才行。首先必須立刻叫回越過山脈的第十二機甲旅團與第三師團。」

「嗯！這也是無可奈何之事。不過第三戰線又如何呢？」

「因為訓練不足，所以只能以實戰來彌補。要立刻用鐵路運送花蓮第六十一師團與台東第六十二師團到蘇澳。在此之前，只能請第三戰線的我軍多努力了。」

「反攻作戰情況如何？」

「首先必須要遏止敵人的進攻。利用航空支援攻擊敵人，同時派出第十空挺及第十一空挺降落在新竹郊區的敵軍後方。第十空挺從敵軍背面攻擊，十一空挺則負責阻止敵軍的後續部隊。宛如虎子般的第一陸戰師團與第二陸戰師團則利用運輸機或鐵路送到新竹近郊，投入前線遏止敵人的進擊。同時將召回的第十二機甲旅團、及第三師團送到前線，展開反擊。」

國防部長謝毅說道。

「召集的預備役師團，必須趕緊送到戰場上。」

「那第六十一、六十二師團以外的預備役師團呢？」

李登輝總統問道。崔中校點點頭說：

「高雄、台南、嘉義各市已自行編成第三十二師團、第四十一師團、第四十二師團。相信不久之後就會對他們下達出動命令。」

李登輝總統看著外交部長薛德餘。

「聯合國軍隊如何？在聯合國安保理事會中，不是已經決定派遣和平執行部隊ＰＫＦ到我國來嗎？」

「是的，已經決定了。但是到底由何國派遣ＰＫＦ部隊，目前還在協議中。」

「趕緊聯絡聯合國大使，把我們這邊的情況告訴聯合國安保理事會，要求他們趕緊派出ＰＫＦ到台灣來。」

「知道了。馬上去辦！」

外交部長薛德餘擦著汗，急忙步出房間。

天哪！絕對不要放棄台灣！

李登輝總統衷心向神祈禱著。

第三章 聯合國軍隊介入

1

上海・黃埔地區　8月10日　凌晨二時

聽到轟隆隆的砲聲。

趙忠誠隊長在水泥床上翻來覆去聽著砲聲，接下來的一瞬間，樓下響起激烈的爆炸聲。趙隊長因為爆炸的力量被彈了起來，撞到腰部，受傷的右手臂疼痛不已。

窗戶外傳來沈重的引擎聲。

咦？難道治安部隊開始行動了嗎？

趙立刻走向窗邊。窗外顯得十分暗，天還沒有亮。趙看了看手錶，螢光塗料的文字盤因為光線太弱而不清楚，但照指針的位置來推測，現在應該還是半夜才對。

「敵襲！」「轟炸！」

在黑暗中聽到吵鬧的聲音。趙用手努力摸索著掉落地上的槍，窗外還是一片黑暗。趙終於抓住了槍柄，把槍撿了起來。按下身旁的電燈開關，但電燈沒有亮。

停電？趙搖搖頭。應該不會停電才對，可能電源是被切斷了。只有緊急照明點亮著。

到底敵人是從何處發射砲彈的呢？

上海電台的前庭和正前方的道路堆滿了路障。不光是正面，連電台建物周圍沿著鐵柵欄處都設有路障。

電台左側的小公園有條步道，左前方則是較矮的建築物。如果要進入小公園，一定得從正面的步道進入才行。

電台建物右側到後側是黃埔江河岸，並沒有道路。為了防止敵人偷渡，也在河岸堆積了路障，所以不是那麼容易通過的。小公園及街道的燈都滅了，但還是可以看到往來的人影。

守城戰已經進入第三天。雖然曾有許多勞工、市民及學生們守在路障附近，但自從公安和軍隊撤退後，人群也開始解散，漸漸各自回家去了。不過現在還剩下約三千人左右，圍坐在路障內外過夜。

在小公園和道路上休息的人都放低姿勢，開始有人跑到路障內避難。

電台所在的市街一角，有公安和武裝警察控制著要道，但並沒有嚴厲禁止一般人通行。由於傳令還可以自由的往來其他地區，所以還不至於令人覺得沮喪。

軍隊害怕群眾受到黑暗刺激會有不理性的舉動，因此全都撤退到後方。裝甲車及坦克則分散在黃埔地區的公園或空地上待命。

難道軍隊要開始出動了？

眼睛習慣黑暗之後，趙看到通過正門的道路上有車輛的影子。

「隊長，你在哪裡？樓下有人中彈受傷了。」

房間出入口傳來沈小隊長的聲音。手電筒的光閃爍著，光環捕捉到了趙。

「關掉手電筒過來，免得被狙擊！」

沈黑暗的身影跑向趙，在大街的一角聽到裝甲車的柴油引擎聲。

「把受傷者送到地下室去。」

「現在大家正在搬運傷者。」

「自家發電情況如何？」

「我已經命令部下到發電室去檢查了。」

「很好！」

趙接過沈遞給他的夜視望遠鏡，觀察著黑暗的街道。

青白的世界浮現出輪動裝甲車的身影，設置路障處依稀可以聽見吵鬧聲。

「隊長，接到四班的無線聯絡。」

通信士小聲喊道，從隔壁房間拿著無線機過來。

趙跑到曾身邊，從曾背後接過無線機通話器。

「本部呼叫，任少尉聽得到嗎？」

沒有回答。趙又呼叫任好幾次。任是前人民解放軍偵察部隊的准尉，熱愛軍旅生涯。如果他不碰酒的話，是一個非常優秀的士兵，不過他有時酒後會毆打長官，因此被軍隊永久放逐。

再過一個月就可以晉升少尉了，而他本人則早以「少尉」自居。

『四班呼叫本部！』

雖然有些雜音，但總算聽到任少尉的聲音。

「這是本部，聽得到嗎？」

『我們遭遇敵人特殊部隊的攻擊。S點、K點都沒有回答。T點也被攻擊，最後總算取得聯絡。敵人已經發動攻擊了！』

「本部也遭受到砲轟。任少尉，你現在在哪裡？」

『C點。』

C點位於黃埔地區的嘉南貿易中心大樓的警衛所。趙越過大樓可以看見貿易中心大樓。

「看到什麼了嗎？」

『大約有十七、八艘水上艦艇從黃埔江登陸，艦艇的種類不明。不過，看來搭載了很多武裝兵員。』

「好。沈，告訴三班的魏小隊長，請他即刻支援，務必嚴密警戒電台後方的河岸。除了正面攻擊外，對方很可能會從河上突擊。」

沈點點頭，走到走廊。走廊有二班隊員集合在那。

『是敵人。幾十輛裝甲運兵車及卡車已經越過大橋，朝這邊來了。裝甲運兵車大約五十多輛，打算正面攻擊的有六輛坦克、二十輛裝甲運兵車。』

「知道了，繼續報告。」

無線電結束，趙將話筒還給曾通信士，快速走出房間。沈小隊長快步跑下樓梯。

趙打開調控室的門，在調控室中看到手電筒的燈光，局員們正準備播放。

「要再播放嗎？」

「只要電力恢復，隨時可以進行播放。」

在播放室裡的尹少校已經準備好了。尹少校看到趙時，圈起手來作了一個ＯＫ的手勢。

突然，天花板的燈亮了，監控器也有了電源，發出微弱的電子聲音。地下的自家發電機啟動了。

趙對在調控室內的導播及局員們說：

「告訴全體市民我們現在的窘境，直到最後都不要中斷節目的播放。將那些人做的壞事活生生地呈現在市民的眼前！」

「光靠自家發電機，輸出力不夠，放送電波無法到達很遠的地方。不過，試試看吧！」

「如果產生電波，可以增加秋玫瑰的電波，或利用CNN或NHK的衛星播放節目。總之，一定要產生電波。」

「知道了，攝影機已經就準備位置，只要有電源隨時可以開始。」

「拜託你們了！民主革命的責任就在你們肩上！」

「責任重大，我們會努力的！」

「導播，OK了！」

局員告知。

導播對局員說：

「好！開始吧！倒數計時，五秒、四、……。」

局員對尹少校做出手勢，螢幕上出現尹少校及播報員。

趙向在鏡頭中的尹少校揮揮手，尹少校豎起拇指。

播音員快速說道。

『上海電台再度進行緊急播放。治安部隊開始砲轟上海電台，所有的上海市民請聽上海電台的呼籲，民主革命的火花已經快要被北京軍事政變政府派遣的治安部隊消滅了。接下來是由中國人民解放民主革命戰線的尹少校對市民所做的呼籲，希望全國國民能共同防衛上海電台。』

尹少校紅著一張臉出現在電視畫面上。

『全國國民，這裡是中國人民解放民主革命戰線的呼籲。上海電台被治安部隊以坦克、裝甲車、戰鬥艦、大砲及各種武器攻擊，想要藉著武器鎮壓我們愛國的人民、勞工、市民及學生的反對聲浪……。』

趙關上調控室的門，曾將無線機的話筒交給他。

『三班向隊長報告。載著治安部隊的水上艦船繞道後面的水路，在岸邊有路障已經做好對抗準備，隨時聽候指示。』

「好！敵人開始攻擊了，要小心！」

『了解。隊長呢？』

「我和一班的梁小隊會合，與前面的敵人作戰。」

一班的梁小隊正在面對大街的路障處，指揮勞工及學生部隊。

『了解！好好作戰吧！』

趙立刻走下樓梯，在樓下走廊聽見正在對勞工及學生分派任務的沈小隊長的聲音。

這時無線機傳來聲音。

『本部，聽到嗎？』

出現梁小隊長的聲音。

「這裡是本部。小梁，狀況如何？」

趙一邊走，一邊問道。

『正面有四輛敵人坦克，八輛裝甲車。不久就要發動攻擊。』

「好！我到你那去。」

趙將無線機交給曾通信士，趕緊走出長長的玄關大廳。大廳裡，準備戰鬥的勞工及學生，正用桌子與衣帽櫃補強窗戶和玄關前方的路障。

趙跑到前庭，路障採縱向分三線鋪設。

第一線是正面正門與沙包陣地，接著就是汽車及巴士，然後堆放剝下來的鋪道上的石頭。

第二線則是在前庭挖洞，背後堆起很高的土。然後將汽車、衣帽櫃、桌子、家具等所有東西都堆上去所形成的路障。

土堆前的深溝則是為了阻止坦克與裝甲車的攻擊，埋有反坦克地雷。

第三線則是將電台的建築物要塞化的路障。直到最後的建築物為止，都要抵抗到底。

黑暗的夜空中點燃信號彈，這是敵人攻擊的信號。趙跑向正門的路障區。

站在沙包陣地的梁小隊長，用望遠鏡監視治安部隊，趙跳入沙包陣地。

戰車轟然巨響，聽到履帶環發出的聲響。

「火箭筒發射預備！」

梁大喊著。火箭筒兵立刻將RPG—7反坦克火箭的準星瞄準衝過來的坦克。

「發射照明彈！」

照明彈發出砰砰的聲音，從路障飛到空中，打開小的傘，白熱光照亮四周。

持續排出廢氣，成橫隊的六輛坦克衝了過來。

坦克的砲塔移動，一百釐米砲對準路障。

「攻擊！」

聽到梁的怒吼聲。而在同時，一百釐米砲也冒出噴煙，幾處路障受到攻擊而粉碎。拖著白煙尾的反坦克火箭交叉衝入坦克群。

火箭命中T—59坦克車身，T—59坦克立刻爆炸，發出了巨大聲響。接著，火箭又命中坦克砲塔，砲塔應聲爆炸。隨後立刻又有兩輛坦克冒出黑煙，無法動彈，剩下的四輛坦克則繼續前進。而在其後方，有數十輛前蘇聯製的BTR—60步兵戰鬥車蜂擁而至。

坦克機關槍發出怒吼，步兵戰鬥車上方機關槍座的機關槍不斷發射子彈，路障區也開始反擊。

到處都有市民及學生被擊中，從路障上滾落下來。

「攻擊！」

三道白煙衝入坦克群。一枚命中，停止了坦克的進擊；第二枚火箭彈則命中坦克的履帶環，坦克動彈不得。

第三輛坦克持續利用機關槍攻擊，並且朝正門挺進到路障前，直接衝撞上停在路障的油灌車。

「就是現在！」

梁將手往下一揮。

在旁的隊員們立刻拉下引爆裝置桿。

這時聽到一陣地吼，油灌車爆炸了。在一陣巨響的同時，T—59沈重的車身被彈起，同時爆炸橫倒地面。黑煙從車身下方不斷冒出。

第四輛坦克閃躲爆炸的油罐車，撞倒了鐵柵欄。壓垮路障，打算要過路障。一名隊員手持地雷跑向坦克。將地雷擺在坦克前，然後滾入附近的戰壕中。接下來的瞬間，坦克輾過地雷，轟地冒起火柱爆炸。

從後方趕來的步兵戰鬥車群看到坦克隊全毀，立刻停車。這時冒著白煙的火箭從路障方向集中飛來。

幾輛戰鬥車中彈，裝甲板破裂，冒出黑煙爆炸。全身著火的組員們跳了出來。

這時從路障區毫不留情的發射出子彈，組員士兵們陸續倒下。

看到帶頭的幾輛車被擊毀，後面的步兵戰鬥車開始後退。一邊後退，同時與後方的步兵戰鬥車撞擊橫轉。步兵戰鬥車慌張地沿著街道倒退，躲入大樓的陰暗處。

路障區響起了歡呼聲。

趙大吼著：

「別高興得太早。趕快來處理死傷者！」

這時路障區的勞工和市民們才開始慌慌張張地料理受傷者。

2

「治安部隊被擊退！上海市軍區司令盧少將在做什麼？」

南京軍管區司令員王傳友上將面紅耳赤地對參謀們大吼著。南京軍管區副參謀長鄒上校臉上的表情僵硬。

「是的，抵抗出乎意料之外的激烈，反叛軍擁有許多的反坦克武器，當地治安司令部無法掌握敵情，的確需要反省。」

「反省也無濟於事。副官，打電話給旅團長盧少將，我要和盧少將說話。」

「是，立刻執行。」

副官宋中校趕緊拿起桌上的電話。王司令員發出焦躁的聲音。

「上海市軍區的這些人真不值得信賴。昨天派遣的緊急展開大隊不知道情況如何？」

「現在已經朝向浦東出發了吧！可能快要到達現場了。」

「太遲了。為什麼不叫盧少將在緊急展開大隊到達之前就開始攻擊呢？」

「他可能認為不需要靠緊急展開大隊的力量，靠自己的力量就能夠完成解放工作吧！」

副參謀長鄒上校說著。

「緊急大隊的司令是誰？」

「蕭少校。」

王上將想起蕭少校永不屈服的表情。曾經見過他，和他說過幾次話。

蕭少校是特殊部隊身經百戰的將校。有過鎮壓西藏自治區叛亂的經驗，同時也曾經從事在與印度的國境喀什米爾進行的游擊戰。

「那傢伙應該能應付啊！」

王上將瞪著電視畫面。音量已經關掉了，因此只看到電視畫面。

電視上播放著進攻上海電台建築物的T—59坦克以及BTR—60步兵戰鬥車，在照明彈的光亮中陸續被轟炸，無法動彈，冒出火燄的畫面。同時也播擁護上海電台民兵的情況。

中國人民解放民主革命戰線的發言人尹少校，再度出現在畫面上，張著嘴巴不知道在說些什麼。王上將指著畫面說道：

「為什麼沒辦法讓這個反革命份子的影像消失呢？」

「是的。因為他們將電波送往CNN的衛星，從那兒發射電波。而且有人侵入我們北京中央電台的電腦攔截線路。因此如果不切斷線路，還是會播放他們的影像。」

「沒有對策嗎？」

「現在我軍中央的電子對策班已經全力以赴追蹤犯人。現在已經知道使用羅馬線路。只要知道犯人的發信地，就能夠將其擊潰。」

「在此之前可不可以先收拾這個煩人的少校？這個少校到底是誰啊？」

「是前人民解放軍總政治部的尹洛林少校。尹少校以前曾經向國家保安局告發總政治部上層部的貪污瀆職，後來上層部知道消息之後，反而誣告尹少校收賄，將其罷免。因此才有此舉出現。」

「是嗎？具有強烈正義感的將校。但是不收拾他是不行的。有些人就自以為是正義之士，真是很難處理。」

王上將厭煩著說著。

宋中校將話筒遞給王上將。

「上將，聯絡到盧司令了。」

王上將接過話筒。

「嗯。盧少將，我是王司令員。」

『司令員，真是抱歉。』

「笨蛋。就算道歉也無法改變狀況。為什麼不與緊急展開大隊互助合作進行作戰呢？」

『是的。我原以為我們軍區的部隊能充分應付。』

「今後，一定要和緊急展開大隊的蕭司令充分合作，進行鎮壓作戰。這是命令。」

『知道了。遵命。』

「還有，為什麼猶豫不決呢？我不是命令你，對於反叛軍要毫不留情地使用導彈或是毒氣嗎？甚至可以直接炸掉電台的建築物。」

王上將對著話筒怒吼。副官宋中校感覺他好像在責罵自己似的，縮著身子。

『上將，上海市軍區的人民解放軍部隊有很多上海出身者。有很多聚集在上海電台的勞工是他們的家人、親朋好友及兄弟姊妹，因此下級士兵之間軍心動搖。如果展開鎮壓作戰，持續過度激烈作法，恐怕軍隊內部會有士兵倒向反叛部隊。因此不敢採取轟炸電台等強壓政策。』

「難道有士兵會向反叛軍倒戈嗎？」

『是的。事實上在各部隊都已經出現幾名逃走的士兵。』

「逃走勢必要逮捕，送軍法會議審判。甚至可以以敵前逃亡罪將其槍殺。」

王上將生氣地說道。

『知道了。會採取嚴厲的措施。』

「一定要全力控制住局面。」

『知道了。我一定會處理。』

電話掛斷了。王上將似乎還是憤憤不平地瞪著鄒少校以及在座的參謀們。

「如果說上海電台一直被叛亂分子控制，會使得士氣受到影響。緊急展開大隊一定要盡全力粉碎敵人。再度向蕭少校下達命令，一定要和上海市軍區的人互助合作。如果不行的話，我要直接到上海去進行作戰指揮。」

王上將瞪著持續播放的電視畫面。

在電視上播放著已經燃燒、無法動彈的治安部隊坦克的樣子。

電視的影像突然開始紊亂，又變成從上海電台的屋頂拍攝到的影像。映出在電台背後河上的艦船。

「把音量開大聲一點。」

王上將作出指示。副官用搖控器開大音量。

『……新的攻擊又開始了。電台後面的水路有很多治安部隊的水上艦艇出現。正面地區也有新的治安部隊到達。根據情報顯示，南京軍管區緊急派來了兩個緊急展開大隊。司令是冷酷無比的蕭少校。中國人民解放民主革命戰線的戰士，以及崛起的勞工市民們都很緊張。呼籲全國國民，人民解放軍並不是保護我們的軍隊，看這些治安部隊的殘暴行為就能證明這一點。我們一定要奮起……』

「關掉。太吵了！」

王上將大吼著。鄒上校看著部下參謀們。

「為什麼他們知道緊急展開大隊到達呢?甚至知道司令是蕭少校。到底是誰與反叛軍互通呢？」

王上將生氣地說著。鄒上校擦拭著額頭上的汗水。

「應該沒這回事。趕緊命令國家保安部調查。」

3

黎明時分，東方的天空泛白。聽到高亢的引擎聲，偵察員叫道：

「來了！」

敵人朝正面丟擲了幾個煙幕彈，黑煙不斷地隆起。煙不斷增加，好像掩蓋住了整條微暗的街道。黑夜好像再度來臨似的。

在路障區的人立刻展開反擊。曳光彈拖著光尾朝前方飛翔。

「停止攻擊！不要浪費曳光彈。這是煙幕。」

「還沒來呢！」

趙隊長和沈小隊長叫著。戰線隊員們也呼籲勞工市民軍與學生軍冷靜。

梁小隊長聚集一班隊員十七人待命。

趙隊長從正門的路障區看著街道。黑色的煙幕在正面的街道上展開。從煙幕的後面傳來沉重的引擎聲。引擎聲越來越多。

這次敵人小心謹慎地發動攻擊。

趙對著野戰電話單機的通話口低聲說道：

「三班，河川的情況如何？」

『敵人展開行動。多艘敵艦朝著岸壁接近。展開反擊！』

三班的魏小隊長說道。同時大樓後面傳來爆炸聲與槍擊聲。

「戰鬥開始！趕緊支援。」

趙隊長立刻揮手。

梁小隊長等隊員們從正門的路障區，拿著火箭筒與子彈筒朝向煙幕奔去。

前方出現激烈的槍聲。沈小隊長用衝鋒槍應戰。

「趕緊掩護！」

趙大吼著。衝鋒槍朝著煙幕中胡亂掃射。路障區的民兵們也開始應戰。

梁小隊長巧妙地跑到動彈不得的坦克與步兵戰鬥車的殘骸處，隱入煙幕中。隊員們的身影終於消失在煙幕中。

電話單機響起。曾通信士將話筒遞給趙。趙接過話筒。

「昇龍呼叫天龍。作戰進入第三階段。準備完成了嗎？」

『天龍呼叫昇龍。作戰順利進行，不久就會出現結果。在此之前昇龍一定要守護電台。』

于正剛的聲音充滿自信。趙也很滿意地點點頭。

「瞭解。祈求作戰成功。」

通話結束。展開激烈的槍擊戰。

野戰電話單機傳來任少尉的聲音。

『四班呼叫本部。敵人部隊開始行動。』

「好。火箭筒兵攻擊煙幕。」

在電台建築物的背後聽到爆炸聲。槍聲更為激烈。趙與沈小隊長互相對望。

趙對著野戰電話單機說話：

「三班，後方的狀況如何？」

『敵兵登陸了。畜生！敵人是特殊部隊。陷入苦戰。』

「好。我們過去支援。撐著點！」

趙用下巴向沈小隊長示意。

「帶著二班與學生隊支援後方。」

學生隊聚集著有兵役經驗的學生。沈小隊和學生隊被當成預防萬一的戰術預備部隊。

「二班及學生隊繞到後面。跟我來！」

二班的十幾名隊員及學生隊的三、四十個人拿著槍離開路障，朝巷中奔去。

突然響起轟然的引擎聲。有人影從煙幕的後方跑了過來。

「梁小隊回來了！」

曾通信士告知。

「掩護梁小隊！」

趙大吼著，發射衝鋒槍。梁小隊長一邊發射衝鋒槍，一邊和部下一起跳入坦克殘骸的背後，閃躲敵人的槍彈。

梁小隊長舉起手，手臂轉動著作出信號。說明敵人有一團裝甲車前來。

「來了！」

引擎聲齊鳴。在煙幕中可以看到裝甲運兵車BTR－60的身影。

帶頭的裝甲運兵車轟的一聲爆炸，車身斷裂。接著第二、第三、第四輛裝甲運兵車都爆炸了。梁小隊所鋪設的反坦克地雷被引爆。

路障區歡聲雷動。但是，這時從黑色煙幕中卻有裝甲運兵車陸續出現，機關槍胡亂掃射。整個路障區立刻籠罩在槍林彈雨中。有不少勞工及市民的義勇兵倒下。

梁小隊的隊員們從坦克殘骸背後射出火箭筒彈頭，陸續冒著白煙往前飛去。反坦克火箭命中挺進的裝甲運兵車，震動整個空氣，發出爆炸聲響。

隊員們對挺進的裝甲運兵車扔擲手榴彈。手榴彈爆炸，粉碎了裝甲運兵車的輪胎。從路障區陸續射出火箭筒。裝甲運兵車冒著黑煙，相互衝撞，停了下來。

跑到前面的梁小隊陸續跑回來。隊員減少了十名。

「攻擊攻擊！」

趙隊長大叫著。這時從路障區發射衝鋒槍以及輕型機關槍。聽到震耳欲聾的爆炸聲此起彼落。

裝甲運兵車無法衝進路障區，在一百公尺前方分為左右停了下來。

停止的敵人裝甲運兵車打開車蓋，軍隊衝了出來，散開躲在車身或殘骸後方。

聽到轟隆的砲聲。趙的附近路障區中彈，衣帽櫃和汽車的車身粉碎，聽到哀號聲。坦克砲彈命中電台大樓，破壞路障。

躲在路障後方的勞工及市民四散奔逃，有的人後退到巷子裡。

「鎮定！還不能退後！」

趙大吼著，鼓勵勞工及市民義勇兵。

亮度終於增加了。太陽似乎已經在東方的天空升起。

煙幕變淡。停在左右的裝甲運兵車之間又出現了新的坦克。一輛、兩輛、三輛。從煙幕中出現的T—59坦克，履帶環轟然作響，開始挺進。

「火箭筒，射擊！」

路障區的火箭筒兵發射火箭彈。冒著白煙的火箭筒彈頭命中坦克，但是只引起小爆炸，坦克繼續前進。

T—59坦克的砲塔及車身安裝了短條型的裝甲。

坦克似乎並不在意火箭筒的火箭彈，壓垮路障，將正門連水泥門柱一起撞倒。

在坦克背後出現穿著野戰迷彩服的士兵們，用槍發動攻擊。而裝甲運兵車也以支援坦克的方式開始行動。

趙更換衝鋒槍的空彈匣，連續掃射。梁小隊長也持續發射子彈，扔出手榴彈。

「掩護第二線。第一線撤退！退到二線。」

手榴彈滾到坦克背後爆炸。穿著野戰迷彩服的士兵們撲倒在路上。

離開正門路障的市民及勞工義勇兵跑到第二線的坦克壕。趙隊長與梁小隊長及隊員們進行掩護射擊並後退。

蜂擁而至的坦克群踐踏堆積在正門及鐵柵欄處的路障，越過路障。有幾處路障被突破。坦克從突破口挺進，而裝甲運兵車則一邊用機關槍掃射，一邊挺進。裝甲運兵車進入庭園後掀開頂門，武裝士兵們跑了出來。士兵們從坦克及裝甲運兵車的背後，用槍攻擊躲在路障區的市民兵及勞工。

我方的機關槍也從第二線的路障開始射擊。坦克機關槍怒吼著應戰。當成路障的巴士車身立刻被打成蜂窩。躲在巴士後面的人被機關槍子彈貫穿射中。

突破路障的七、八輛坦克繼續前進，擁到第二線的路障區。坦克立刻經過坦克壕，然後開始攀登傾斜坡。

有一輛坦克輾過反坦克地雷，引發大爆炸，無法動彈。另一輛的履帶環被地雷震飛，停住不動。

從路障區扔擲了汽油瓶。汽油瓶陸續扔中坦克及裝甲運兵車，車輛燃燒。坦克被火燄包住，頂門掀開，組員們連滾帶爬地逃了出來。

組員們立刻遭到來自路障區的射擊，被火燄包圍倒下不動。

但是敵人的攻擊並沒有停止。坦克從後方源源不絕地擁入，越過無法動彈的坦克上，接踵而來的坦克又輾平了路障。機關槍朝著市民兵及勞工兵掃射。

趙認為第二線也保不住了。

「撤退，撤退。」「撤退到第三線！」

趙與梁持續用衝鋒槍掃射，同時對部下及義勇兵大吼著。第二線的路障區倒著無數的死傷者。

趙扛著一名傷兵跑進電台的大樓中。這時子彈飛過他的腳邊。

坦克砲發出轟然巨響。原本封鎖電台大廳玄關的衣帽櫃，發出巨響爆炸。屍體飛散，鮮血染紅了地面及天花板。趙將傷者放倒在地上，跑向堆積著沙包的窗戶。

機關槍彈不斷地擊中沙包。

「第二線，撤退！」

趙看著第二線的路障。第二線的路障區已經看不到同志，取而代之的則是不斷越過路障的坦克及裝甲運兵車。

「撤退，結束！」

梁小隊長大叫。

「準備爆破！」

趙大叫著。梁小隊的部下拉起引爆裝置桿。

轟然巨響！第二線路障爆炸，燃燒起熊熊火燄。路障連續爆炸。

原本踏平路障的坦克及裝甲運兵車被火燄包圍著。

野戰迷彩服的士兵們被迫後退。

「攻擊、攻擊！」

趙認為機不可失，大叫著。機關槍拼命掃射，自動步槍也發出了高亢的槍聲。

扔擲手榴彈。手榴彈爆炸。迷彩服士兵陸續倒下。

被火燄包住的坦克，一邊避開火燄，同時突破路障衝了過來，第二輛坦克也踐踏著火燄，朝第三線的路障挺進。

「火箭筒兵！射擊！」

但是並沒有白煙飛出。梁小隊的火箭筒兵大叫著：

「反坦克火箭用完了！」

趙緊咬著嘴唇。萬事休矣。

在大樓的背後，響起了幾聲爆炸聲。

野戰電話單機傳來魏的聲音。

『敵人突破路障。請求支援！』

「撤退、撤退。到地下室避難！」

趙對著電話單機的通話口叫道。

4

在三樓的播放室，一位女播報員實況轉播攻擊上海電台人民解放軍的情況，以及作戰的市民學生、勞工的姿態。

「……收看上海節目的市民們，愛國的人民。請看踐踏人民解放軍民主之聲的真實姿態。這個殘暴至極的樣子……」

女播報員一邊哭泣，一邊對著麥克風大叫。螢幕上持續播放著中彈倒下的市民以及學生們。但這些影像突然紊亂而消失了。

「剛剛攝影師遭到槍擊。沒有辦法從現場送回影像。」

一旁的尹少校手臂交疊，無法動彈。

形勢很明顯了。電台被重重包圍著，路障全都被人民解放軍攻破，士兵開始衝入局內。

先前一直持續著坦克砲的轟擊，以及著彈的響聲逐漸消失，接下來只聽見槍聲及小爆炸聲而已。

趙隊長及部下進入調控室。

趙隊長的臉和手腳受傷，被鮮血染紅了。在樓上樓下展開激烈的槍戰。

尹少校對女播報員點點頭。

「……上海電台不久就要被攻陷了。直到最後為止都會持續播放。所有觀眾、愛國的中國人民請幫助我們民主上海電台。這是中國人民解放民主革命戰線的尹少校對全國愛國者的呼籲。」

攝影機映出了尹少校的臉。尹少校緩緩地開口說道：

「我想這可能是最後的呼籲了。我要告訴全國愛國的民主人士，一定要和我們一直支持中國的民主化，打倒北京軍事政變政權，樹立由我們的代表設立的民主國家中國政府。讓他們立刻停止使國家走向滅亡之路的內戰，保證所有民族的獨立及民族自決權，創造出一個中國聯合國家。中國人民解放民主革命戰線即使在這次的革命失敗，但是一定會再起。在上海、南京、北京、武漢，不，在全國各地崛起，為了中國的民主化而戰。……」

螢幕突然消失，播放室的電燈也熄滅了。

發電機停止了。調控室的導播隔著玻璃窗作出指示。趙隊長扛著衝鋒槍，梁小隊以下的部下們也扛著槍，準備對付從樓下跑上來的敵人。

尹少校離開了播報室，拔出插在腰際的五四式手槍，準備與敵人做最後的決戰。

「局員們舉手投降吧！唯有這樣才能獲救。」

「你們呢？」

「反正最後也會被槍殺。既然同樣要死，軍人當然希望能戰死在戰場。」

趙對導播及女播報員說著。

導播並沒有離開調控室的座位。

「不，我和民主革命同生共死。大家一起在此作戰直到最後一刻吧！」

「我到最後為止都是上海電台的播報員，早就抱著必死的覺悟之心了。」

女播報員的臉色雖然蒼白，但卻以毅然決然的態度說著。

「不可以這樣。你們真的做得很好。不過你們還很年輕，還有很多要做的事情，一定要活下來。要讓全世界知道在這兒發生的事情。我們死得其所，但是不能讓你們陪葬。」

趙懇切地對局員們說著。梁及部下們全都把臉別開，眼中含著淚水。

「噓。請安靜一下。」

導播用手制止趙和眾人。

槍聲突然停止。響起坦克和裝甲運兵車的引擎聲。

趙隊長看著梁。

『四班呼叫本部。情況緊急！』

從野戰電話單機傳來任少尉的呼叫聲。趙對野戰電話單機說道：

「本部呼叫四班。這是最後的通信。各位辛苦了。任少尉，希望你晚點再逃走。」

『你說什麼？隊長，請你看看庭院。情況改變了。』

「情況改變了？到底是什麼改變了？」

『治安部隊撤退了。』

「你說什麼？」

『他們好像發現了什麼事情，非常慌張。』

梁小隊長和隊員們手中拿著槍，奔出了調控室，跑到走廊的窗邊。

「隊長，是真的。坦克和裝甲運兵車都撤退了。」

「什麼！」

趙隊長跑到窗邊，俯看前庭及街道。穿著野戰迷彩服的士兵們快步跳上裝甲運兵車，準備撤退。

「這到底是怎麼一回事？」

趙和梁臉上露出狐疑的神情。突然曾背著的無線電台發出呼叫聲。曾拿下話筒，與對方交談。

「隊長，是天龍。」

趙接過話筒。

『似乎正好趕上了。怎麼樣？敵人撤退了吧？』

「天龍，這到底是怎麼一回事？」

『作戰第三階段開始啦！』

于正剛竊笑地說道。

「原來這是作戰的第三階段。救援部隊到來了。原以為他們不會來，正想要放棄了。」

聽到趙的話，梁等人都豎耳傾聽。

「這到底是怎麼一回事啊？」

『南京軍管區司令部叛變了軍司令部。反對北京軍事政府的第二十一軍的第五十二師團與隸屬第二十九師團的民主革命將校團叛變，用武力鎮壓了南京軍管區司令部。軍管區司令員王上將被逮捕，現由年輕的民主革命將校團掌握實權。他們要王上將下達停止攻擊上海電台的命令。所以他們才剛收到命令呢！』

「原來如此。上海電台終於獲救了！」

趙隊長終於安心地嘆了一口氣。導播與女播報員等局員們全都相擁狂喜。

『第五十二師團的先遣部隊出發前往防衛上海電台。請繼續向全世界播放上海的民主革命。』

局員們歡聲雷動。手牽著手跳起舞來。

『但是還有問題。就是北京發現上海的叛亂，可能會全力擊潰叛軍。即將開始的戰爭恐怕不是奪取軍管區司令部就能收拾的問題了。』

「知道了。但是在上海萌芽的民主革命之火一定會遍及全國。大家都會仿效上海。」

趙隊長對著無線電台說著。

『這次絕對不能輸。要持續呼籲上海市民、勞工及學生對北京展開反抗行為。讓上海成為中國民主化鬥爭的象徵，繼續努力吧！』

「知道了，我們一定會盡力的。」

趙和梁小隊長、尹少校及隊員們互相握手。

『呼叫本部。這裡是三班。展開緊急聯絡。對方撤退了。』

野戰電話單機傳來魏小隊長的聲音。

「這裡是本部。三班，沈小隊長在嗎？」

『趙隊長也平安無事嗎？沈小隊長受傷，但是還活著。』

「很好。戰鬥結束了。趕緊處理受傷者。我立刻下去。」

趙隊長大聲命令著。

5

8月12日　深夜

「起來了，小劉。」

有人搖晃身體。劉進突然醒了過來。

瞬間忘了自己身在何處。

「小劉，快醒來。」

是齊恒明的聲音。黑暗中一大堆人擠來擠去，非常悶熱。

火車停止了。雖然貨車轉動著車輪，但是並沒有開動。聽到蒸汽火車嗶的汽笛車響起。

「怎麼回事?為什麼停下來?」

「好像在等待另一輛火車。你聽聽看。」

出聲的是馬立德。

馬立德和齊恒明都是在上海速食店迎接弓時一起被逮捕的人。兩人都幫助北鄉弓，從當天開始就變得非常親密。

馬立德是表情冷峻的學生。出生於滿洲，聽說曾在上海大學留學。

齊恒明是專校的學生，是一位非常幽默、外向的男子。

三天前的早上，天還沒亮時，劉進等人被叫了起來，坐上收容所的巴士被載走。沒有人煙的貨運轉運站，在重重警戒當中，大家登上貨物火車的貨車。並沒有告知他們要到哪去。三天三夜都被關在貨車上，隨車搖晃。

不知道會被送到哪去。

中途曾經穿越河流，而且花了很長的時間渡過大河。也經過了幾個大城鎮。聽到孩子們遊玩及工廠機械操作的聲音。

經過兩天，已經很少通過城鎮。只是一直在豔陽高照的路上奔馳著。

到了第三天，感覺空氣變得很乾燥。空氣中還摻雜著山羊或牛糞的臭味。

事實上，根本不用知道到底會被送到哪去，因為想也沒有用。

貨車中的環境非常惡劣。在一輛狹小的貨車當中擠了三十個男子。這種擠滿犯人的貨車大約有三十輛。

角落上擺著大小便用的桶子。貨車中充滿著人糞、小便的臭味、污物、體臭及各種的臭氣。

一天一次，只有在火車停止的時候，門會稍微打開一點，然後塞入糧食饅頭以及裝著水的水桶。排泄及飲食都在這個貨車中。

剛開始還會因為臭氣薰人而無法湧現食慾，但半天後也就習慣了，才覺得饑餓難耐。

三十個男子中有老人也有少年。似乎都是犯了罪，要被送到監獄的人。剛開始時，大家因為要被送到陌生的土地，而感覺有點騷動，但現在已經都疲累地互相靠著睡覺。

齊恒明不知道從哪裡拿來了小釘子，挖開了貨車板壁的縫隙，想要把縫隙挖大。偶爾停止作業，眼睛抵住板壁的縫隙，看著外頭。

「喂！有沒有看到什麼？」

「好像停在窮鄉僻壤。遠處有點光亮。」

「在哪裡？」

馬立德代替齊恒明，從縫隙往外望。

劉進也很感興趣。即使是白天，陽光也穿不進貨車中，一直保持微暗。經過白天被太陽光照射，使得天花板及板壁非常炙熱，只能等待時間的經過，根本沒有力氣看外面。

「我也想看。」

劉進坐起上半身，和馬立德交換，將眼睛貼上縫隙。的確能夠看到在黑夜中的住家燈火，但是也無法確認。

這時感覺線路下好像有什麼東西在移動。劉進仔細一看，果然有東西在動。

原先聽到的蟲鳴聲停止，一切恢復寧靜。

「怎麼回事？」

「噓。有東西。」

「是什麼？」

馬立德輕聲問道。

「好像有人影在移動。」

「可能是警衛在小便吧！」

齊恒明壓著聲音笑道。劉進也感到自己想小解。現在連小便都不自由，真是很悲慘的狀況。

草叢搖動。聽到有人撥開草的聲音。馬立德屏氣凝神。

「的確有人在那兒。」

「你說什麼？在哪裡？」

這次輪到齊恒明往外看。一直看著，一動也不動。

「有人來了。」

劉進豎耳傾聽。馬立德也豎起耳朵。

踩在小石頭路上的腳步聲越來越接近。同時聽到男子說話的聲音。

「是警衛。」

馬立德小聲說道。原來是兩個人的腳步聲。似乎在檢查每輛貨車門是否緊閉。

手電筒的照明掃過板壁的縫隙。

這時劉進和齊恒明交換，眼睛貼住縫隙。

兩名警衛肩上扛著槍。槍碰撞到制服金屬部分發出微微的聲響。

兩個人好像在開玩笑，在那兒笑著。終於兩人的腳步聲來到劉進等人所在的貨車前。

手電筒的燈光照著門扉。炫目的光線射入時，劉進瞬間什麼都看不見。

確認貨車已經鎖好了。兩名公安隊員好像打算移動到後面的貨車去。

突然聽到激烈的爭執聲。劉進用眼睛貼著縫隙一直看著。在黑暗中有幾名人影攻擊這兩人。勝敗立見。聽見呻吟聲及人倒在地上的聲音。

傳來很多人踩在沙石路上的聲音。在黑暗中出現十幾個人影。

「到底怎麼回事？」

齊恒明感到很訝異。

「好像是盜賊。」

馬立德小聲地說道。

「盜賊？」

劉進回問他。

「是啊！可能是火車強盜吧！這些人會在這種鄉下山區襲擊火車或運送卡車，搶奪貨物。」

「可是這輛火車是運送囚犯的火車啊！」

「載著囚犯的貨車只有其中三分之一，後面則是載著要運到鄉下的物資或糧食。可能光是載運我們不划算吧！就算是公安，現在也是要做生意賺錢的時代啊！有的公安甚至還開了卡拉OK的店。可能是以犯人火車的名義，秘密進行鄉下地方的物資走私吧！」

馬立德小聲說著。的確，在這時聽到外頭異樣的騷動，使得貨車中的犯人幾乎都醒了過來，全都屏氣凝神。

正如馬立德所說的，有幾個人敲著貨車的門，如果裡面的犯人聽到敲門聲而回答，他們就會趕緊離開，去敲下一個貨車的門。

「這些人真的是盜賊。對於關著犯人的貨車根本不屑一顧。」

「他們打算搶奪貨車上所載的貨物。」

齊恒明輕聲說道。

突然聽到了嗶的哨子聲。在貨車火車前方響起自動步槍的連續掃射聲。

聽到一群人的腳步聲，跑過劉進等人的貨車前。附近響起了槍聲。

「……」

聽到有人在下達命令。從前門的方向聽到連續發射子彈的聲音。可能是護送的公安隊員發現了盜賊，因此展開近距離射擊。

子彈掠過貨車的門扉。劉進等人全都趴在地板上。甚至有流彈穿入貨車中。

「再這樣下去，有幾條命都不夠賠！」

馬立德抱著頭。

「怎麼回事啊？」

齊恒明不安地縮著身子。

「喂！也許是逃走的機會哦！」

劉進對馬立德和齊恒明耳語著。

「但是該怎麼做？」

齊恒明很有興趣。

「這些傢伙是為了搶奪貨物而來的。而引起騷動的是公安警衛。盜賊絕對不容許有人妨礙，一定會殺了他們。」

馬立德則持否定的看法。在周圍豎耳傾聽的犯人都縮著身子。

「如果就這樣被送到收容所去，恐怕一生都無法逃出來了。又加上我們從事反政府的活動，一定會被貼上國家反叛罪的標籤，也許會被判死刑。逃走說不定還有一線生機。」

「……」

齊恒明和馬立德在黑暗中對望。

「好。逃吧！」「我也參加。」

兩人和劉進握手。

「怎麼做？」

「大吵大鬧啊！」

劉進開始踢著門大聲求救。齊恒明和馬立德也一起踢著門，大聲地求救。

他們用腳不斷地踢著門。槍聲接近了。看來射擊戰就在附近進行。

槍聲終於停止了，似乎有了結果。

「……」

聽到門外響起尖銳的聲音。劉進用腳踢著門，大叫著「救命啊！」

突然響起激烈的槍擊聲。門板又發出被子彈射中的聲響。

「糟糕了！」「趕快趴下！」

齊恒明、劉進及馬立德都滾落在地面上，停止踢門。

這時有人粗魯地打開鎖。聽到開門的聲音，一陣尖銳的聲響。

「……」

對方似乎在說「出來」。

劉進站了起來，雙手高舉。齊恒明和馬立德也一起舉起雙手。

手電筒的光線依序照著劉進、齊恒明及馬立德。然後又掃過貨車中的犯人。

周圍聚集了許多的人影。他們都說著劉進等人聽不懂的話語。並不是公安的護衛隊員。

習慣了星光的光亮之後，終於可以看到一些模糊的人影。人影全都扛著長槍。

響起尖銳的聲音，槍把掃過劉進的腿。劉進立刻從貨車跌落沙地上。而齊恒明及馬立德則自己跳下來。

其他的囚犯們也陸續從貨車上下來。

「你看！」

馬立德用手指著腳邊。兩名公安護衛隊員倒在地上。點亮的手電筒也掉在地上，照著倒臥的公安隊員。兩人的喉嚨都被刀子劃破。屍體躺在一片血海之中。

突然有幾名犯人開始逃跑。

「……」

聽到命令語氣的聲音。這時人影手邊的槍冒出火來，犯人們應聲倒地。連不打算逃走的犯人也被射殺了。

「糟糕了！」「快逃吧！」

齊恒明和馬立德嚇得腿都軟了。

「等等。我們是同志！」

劉進大吼著。同時走向下達命令的人影前。

「只要停止攻擊並幫助我們。你們就可以得到很多錢！可以把我們當成人質。」

一個人影走了過來。在星光下看得出是一位少年。槍對著劉進的臉。

「我沒有說謊。只要幫助我們，就給你錢。殺了我，你們一毛錢也得不到！考慮一下吧！」

劉進拼命叫著。一個身材高大的人影抵住少年的槍。少年反抗。

「……」

高大的男子用手摑少年的臉。少年趴倒在地上。

「有很多錢嗎？說謊的話，我可不饒你。」

男人操著北京話說著。劉進很安心地想把手放下來。

「好吧！」

男子揮動槍把擊中劉進的下巴，劉進倒在地上。

「誰叫你把手放下的？我最厭惡你們漢人了！」

人影誇張地朝著地上吐口水。

男子們說的既不是北京話，也不是廣東話，更不是上海話。

男子等人終於讓劉進及齊恒明、馬立德站起來，用繩子將三人雙手反綁在一起。和囚犯們一起坐在地上。

好像領導人的男子不知說些什麼。少年用槍把抵住劉進的背部，做出要他走的動作。劉進帶頭，三人往前走。

「雖然獲救了，但你有勝算嗎？」

馬立德對劉進耳語著。

「是啊！隨便亂說話，不要緊嗎？」

「總之先獲救再說啊！以後的事情以後再說吧！」

劉進小聲對馬立德說。

少年用槍把重擊劉進的臀部。

「……」

少年好像是叫他們住嘴。

三人在少年的帶領之下來到十幾匹馬停留處。

周圍的風景在星光下一一浮現。是一排低矮的山丘，光禿禿的山上沒有樹木。眼前只有一片荒野。

突然後方響起槍聲。劉進嚇得回頭看。他們竟然用槍掃射無法逃走的犯人。這不是屠殺嗎？

劉進和齊恒明、馬立德愕然地呆立著，無技可施。

6

苗栗地區·第一戰線　8月13日　上午四時三十五分

旭日從東方的天空升起，染紅了雪山山脈。

第四二七戰鬥航空團第三飛行大隊第八中隊的四架編隊「經國」戰鬥隊，朝目標接近。

八中隊長南少校看著眼下。

中山高速公路的白色路面在臺灣的大地上蜿蜒，由南到北。而在前方的苗栗市附近，有敵軍南下該處。目前飛機正前往擊潰敵軍。

斜下方是第八飛行大隊第九中隊的F－5對地攻擊機的編隊。這次的任務也包括要護衛他們。

『不久之後到達目標上空。距離目標五十哩。』

坐在後部座位的戰術航空士鍾中尉的聲音，從接收器中傳來。

「收到。使用ＥＣＭ。」

『收到。』

鍾中尉冷靜地回答。對敵人使用ＥＣＭ（電子干擾）的表示已經出現在ＨＵＤ上。經國戰鬥機的翼下裝著電子壺。從那裡傳送電波到敵人的雷達網，使搜索雷達失去作用。

但是，這麼做真的能讓敵人的雷達影像機一片空白嗎?南少校還是感到不安。我們能使用ＥＣＭ，表示敵人也可以使用ＥＣＭ。如果敵人使用ＥＣＭ，我們就必須利用ＥＣＣＭ電子反干擾措施來破解。敵人的科學技術如果還算先進，那他們應該也開發了ＥＣＣＭ。

想到此處，他覺得非常疲累。

連日不眠不休的出擊，已經精疲力盡，集中力遲鈍。甚至還要緊咬著嘴唇才不致打呵欠。

第八飛行中隊，是由四架國產噴射戰鬥機「經國」號組成的。

南少校略微傾斜操縱桿，眼睛看著地面。

第四二七戰術航空團，原本的根據地是在清泉崗空軍基地。但是遭到敵人導彈攻擊，基地被破壞，因此移動到新竹航空基地。

可是新竹空軍基地又遭受北軍的地上攻擊，四二七空又移到臺中航空基地。

高度三萬四千呎。馬赫〇·九。

『距離目標三十哩。』

聽到鍾中尉的聲音。

HUD的搜索雷達還沒有發現敵人的蹤影。

『翠鳥呼叫大胡蜂。到達目標上空，開始攻擊。』

聽到第九中隊F－5對地攻擊機的訊息。

「收到，祝你幸運。」

南少校對著無線麥克風回答。將操縱桿稍微傾斜，開始俯衝。

而F－5的編隊也俯衝急速下降。

可以看到前方上空冒著白煙的彈幕。敵人的防空部隊開始了防空砲火攻擊。

「LEAD呼叫全機。在上空警戒待命。」

僚機二號、三號、四號依序回答『收到』。

這已經是昨晚到今早的第四次出擊了。沿著中山高速公路南下，從空中對敵機械化部隊進行波狀攻擊，終於遏止了對方的進擊。

先前包括第九中隊在內，臺灣空軍的對地攻擊機總動員，粉碎了數十輛敵人的坦克及裝甲運兵車。

對方當然也擊毀了多架F—5對地攻擊機當做報復。但還是展現了豐碩的戰果。

眼下已經開始砲轟。在中山高速公路周邊陸續冒起了黑煙。

每當F—5的機影通過地面附近時，就可以清楚知道炸彈爆炸。在黑煙下的敵人坦克及裝甲運兵車一定發出驚慌的哀號聲。

這時在座艙響起警戒電子聲。表示HUD已經感應到威脅雷達波。

『飛彈接近。方位……，距離三十哩。』

鍾中尉以冷靜的聲音說道。

「從哪發射？」

再次觀看HUD的雷達顯示。

接到AWACS的通報。

『發現敵機！方位三四〇。距離四十哩。』

HUD也顯示了搜索雷達捕捉到的敵機編隊結果。南少校確認武器。搭載了天劍二型空對空中程飛彈兩枚，近距離天劍一型空對空飛彈四枚。此外，這次還搭載了對地攻擊用的火箭彈。

ＨＵＤ顯示飛彈攻擊模式。南少校告訴僚機。

「ＡＣＭ準備！」

『二號。』『三號。』『四號。』

僚機一起回答。ＡＷＡＣＳ通知。

『敵機是Ｊ—７。總共八架。』

敵機完全進入天劍二型的射程內。發射準備完成，雷達捕捉敵機加以鎖定。攻擊燈號開始閃爍。

「各機，開始攻擊！」

南少校將機身朝向敵機編隊，按下天劍二型飛彈的發射桿。從機身下發射兩枚天劍，飛翔而去。

『飛彈接近！距離十哩。從正面而來。』

傳來鍾中尉緊張的聲音。

「收到！」

南少校點點頭。

「ＬＥＡＤ呼叫全機。飛彈接近。各機閃躲。」

南少校倒下操縱桿，立刻開始急速下降俯衝。

從前幾次的戰鬥中已經完全學會閃躲敵人飛彈的方法。加速落下的飛彈一旦以急速朝低空俯衝，就會因為無法拉起機頭而直接撞擊地面。

頭彎成G字型。南少校朝向敵人的飛彈大叫著：「過來吧！」

急速朝地面逼近。

高度三〇〇〇呎。低空警戒警報響起。

『飛彈接近，兩枚。』

「交給我吧！」

持續俯衝。

高度二〇〇〇。

已經到達極限了。突然將操縱桿拉向前方。機頭上揚。開始旋轉，變為急速上升。點燃加速器加速。

來吧！

南少校在心中大吼著。

冒著白煙尾隨而來的飛彈高速掠過翼端。接著又是一枚。

兩枚飛彈的白煙由於俯衝的角度太過於急切，因此無法拉起機頭，直衝地面。

一枚撞向山壁，另外一枚則衝入田中爆炸。

恢復水平飛行。眼前可以看到敵人的機械化部隊。

高度三六〇〇呎。

「二號。」

『跟著你。』

二號機的平中尉說道。

「給目標送個大禮吧！」

『收到。』

機械化部隊雖然藉著草木及樹枝巧妙地偽裝，但是從空中俯看卻一目瞭然。敵人對空部隊展開激烈的防空砲火攻擊。但是由於先前發動攻擊的F－5炸彈使得防空武器受損，因此彈幕量並不多。

武器模式轉換為對地攻擊。

『鎖定！』

響起鍾中尉的聲音。南少校對進入瞄準器中的坦克，按下火箭彈的發射按鈕。

從翼下連續發射的火箭彈，好像被吸入坦克中。

士兵們慌慌張張地跑到路邊。飛機以超低空的方式掠過坦克及裝甲運兵車上空飛翔。

飛離目標。後方冒起白煙。一邊翻轉，一邊再度上升。

『命中目標！』

聽到鍾中尉的聲音。接著看到另一輛裝甲運兵車粉碎。

『二號。命中目標。』

聽到平中尉的聲音。為了閃躲防空飛彈，已經打出了幾枚欺瞞彈。

點燃加速器，一口氣上升。

『飛彈追蹤過來了！』

鍾中尉告知。聽到令人不快的電子聲。對方又發射了隨身飛彈。

連續朝後方發射欺瞞彈，同時翻滾旋轉，又一次翻滾急速旋轉。這時飛彈衝入後方的欺瞞彈中爆炸了。

繼續急速上升，增加高度。看著周圍。

看到二號機的機影。擔心三號、四號機。

「全機平安嗎？」

聽到全機平安無事的回答。

南少校檢查火箭彈殘量。還剩七枚。

「鍾中尉。再來一次。」

『了解。』

南少校放倒操縱桿，大幅度迴旋。眼下是臺灣海峽。再次進入陸地。下降高度，機頭朝向敵機械化部隊。

7

遼寧省瀋陽市·滿洲軍總司令部　8月13日　上午九時

劉仲明特別顧問一邊啜飲著茶，一邊側耳傾聽外面的動靜。在上空有幾架噴射戰鬥機編隊低空掠過。從兵營的庭院傳來長官下達號令，對新兵進行教育訓練的聲音。

因為長途旅程，身體非常疲累，但是頭腦反而更清晰。

費了一番工夫才進入瀋陽。先從臺灣經過琉球到東京，然後再搭乘日本的定期客機到達俄羅斯的海參崴。又經鐵路到達滿洲的交界城鎮，才進入滿洲共和國。

滿洲共和國與臺灣之間並沒有邦交，因此入國需要一番工夫。不過，日本新城作戰部長秘密安排了日本人護照奏效了。

從國境的城鎮大約坐了三十四小時的火車，終於到了瀋陽。

聽到敲門聲，靜靜地打開門。副官中校進入接待室，對劉特別顧問立正敬禮。

「劉仲明少將，讓您久等了。請跟我來。」

劉特別顧問拿著文件公事包，跟著中校來到昨天的會議室。

中校打開門，劉特別顧問進入會議室。這裡聚集了瀋陽軍的最高幹部。除了昨天見過的高級長官之外，還多了一些新面孔的老人。

全部的人都起立，迎接劉特別顧問。劉特別顧問向他們微笑致意。

中校請劉特別顧問坐在會議桌中央的椅子上。

瀋陽軍司令員林朝文上將，笑容可掬地對兩位老人伸出手來。

「我先為你介紹一下。這位是瀋陽軍管區最高軍事顧問許瑞林退役上將。而這位則是最高軍事顧問馬榮山退役上將。」

「初次見面，請多指教。」

劉特別顧問自報姓名，向兩人低頭致意。他先前已經對許瑞林和馬榮山兩人做過秘密調查，兩位都是滿洲獨立同盟的首領，是滿洲最大實力者。當然他已打算要會見這兩位，沒想到這麼快就見到面了。

「拜讀過李登輝總統的親筆信。知道你是李登輝總統十分信賴的使者。所以和你說話，就和李登輝總統說話一樣。」

許瑞林以誠懇的語氣開口說道。說話的方式聽起來不像是軍人出身，非常穩重。

「真是光榮。沒想到能見到許將軍及馬將軍兩位。」

「不不，我們已經是老兵了。原本應該要進行世代交替，但是周圍的人不讓我們退休，真是糟糕啊！」

蓄著山羊鬍的馬榮山笑著說道。

「劉仲明將軍，我們已經聽過你的提議了。非常擔心你的安危。也就是說，如果北京中央政府平定臺灣，同時擊潰廣東軍與福建軍，對滿洲一定也會發動攻擊。我們非常害怕這一點。而你提出我國與貴國臺灣，以及華南共和國三國合作，對抗北京政府。關於這個三國同盟的構想，我們有一些想法，所以請您到這兒來。」

馬老將軍環視最高幹部們。許將軍用力地點點頭，接著說道：

「經過檢討結果，由於最高幹部中有人對三國同盟構想抱持著強烈反對意見，所以還是想聽聽你怎麼說。畢竟國民黨政府與我們長期處於戰爭狀態，因而有強烈的不信任感。真是抱歉。」

「也就是說，不信任我國囉？」

「的確如此。以前國共合作的時候，我們曾經有慘痛的經驗。」

馬將軍代替許將軍回答。劉仲明點頭說道：

「我非常瞭解這種不信任感。我們對中共政府也有相同的記憶。」

劉特別顧問率直的話語，令幹部們都笑了起來。劉仲明認為坦白說出來，反而容易得到他們的信賴。

「不過臺灣已經和以前國民黨政府的臺灣不同了。我們隨著民主化的進步，已經不再是舊國民黨統治的國家了。人民可以經由選舉選出自己的代表，而將政治的選擇委託給代表。已經是完全的現代國家。因此，不會像以前一樣有什麼反攻大陸的想法，我想這種想法對於住在中國大陸的人民而言是很失禮的事情。」

劉特別顧問環視幹部們。

「我們希望的是能由北京政府那兒得到自由。我們希望自由獨立。關於這一點，我想貴國與華南共和國也有同樣的想法吧！」

「的確如此。我們也想建立一個自由的國家。但是北京方面卻以武力鎮壓，這讓我們感到非常害怕。」

許老將軍嘆了一口氣。劉特別顧問點頭說道：

「我想希望民族獨立、自由的不只是我國、華南與滿洲而已，還有西藏、新疆維吾爾自治區、內蒙古，還有大陸內五十五個以上的民族。北京妨礙這些民族的獨立，強烈鎮壓，想要藉此邁向超大國之路。我國並不想受到北京方面的統治。關於這一點，希望大家能夠考慮一下。要創造一個自由、獨立的國家，應該怎麼做才好。」

「你是說三國同盟構想嗎？」

「三國同盟構想只不過是一個防衛的策略，並不能解決根本的問題。想要從根本粉碎北京的野心，一定要使中國民主化才行。除此以外，別無他法。」

「民主化不就是把社會主義體制，變成資本主義民主主義體制嗎？」

許老將軍撇撇嘴說道。劉特別顧問覺得這是一種諷刺的微笑。

「連北京政府自己都在嘗試改變北京的體制不是嗎？鄧小平的改革開放政策不是導入了資本主義嗎？不論是改變體制或民主化，都是導入自由資本主義的結果。只要導入自由資本主義，也就是說改變下方的構造，但是卻不改變上方構造的政策，是不是有點不自然呢？」

「說的也是。但是資本主義有好有壞，並不想全部納入。」

劉特別顧問用力點頭說道：

「但是不能因為有缺點，就依然維持不自由的體制。這樣對國民而言有害，而且是一種不幸的事情。的確，良幣逐劣幣勢必會伴隨著危險。但如果害怕變化，就什麼也做不了了。要建立一個獨立國家，當然也會產生相對的危險。對於建國而言，由於各國情況不一，所以我們也不打算干預。也就是說，三國之間秉持內政不干涉的原則，互相尊重即可。你覺得如何呢？」

劉特別顧問看看眾人。心想不知道他們在迷惘些什麼。結論不是已經出現了嗎？接下來就是看看大家決心如何了。

馬將軍和許將軍商量著。兩人也和林朝文將軍談話。最後林將軍看著劉特別顧問。

「好吧！我們贊成三國同盟構想。趕緊召開三國代表會議，決定對北京政府的應對措施。」

「是嗎？的確應該趕緊商量。」

劉特別顧問站了起來，和馬將軍及許將軍握手。

劉特別顧問認為這樣一來，一定能戰勝北京政府。

8

東京·總理官邸會議室　8月13日　上午十時

正在召開緊急國家安全保障會議。

青木外相說明聯合國安全保障理事會，決定派遣ＰＫＦ聯合國和平維持軍到臺灣的經過。

濱崎首相表情暗淡，聽著外相的敘述。

難道沒有其他制止中國的方法嗎？掌握一億三千萬國民生命的為政者，真的一定要這麼做才行嗎？

濱崎的心非常紊亂。

日本在聯合國軍隊的旗幟之下，必須要公然地進行與中國的戰爭。由於太平洋戰爭的失敗，已經宣誓不再參戰長達半世紀之久，已經習慣了和平生活。難道現在要償還那麼久遠的債嗎？

將來日本史的教科書上應該會稱自己為再度將日本帶領至戰爭之路的為政者，寫上自己的名字吧！

「……總理，你覺得如何？」

聽到青木外相在叫著自己，濱崎回過神來。

「沒什麼。」

「安保理事會事實上已經承認臺灣獨立，決議要即時停戰，派遣維持和平軍。不過派遣國本國的態度非常消極，因此身為聯合國安全保障理事會常任理事國，而且又是提案國的日本，應該率先派遣自衛隊加入ＰＫＦ。另一方面，俄羅斯與巴基斯坦也贊成決議，日本是與中國進行琉球海戰的當事國，而日本在維持和平軍的名義之下，當然堅決反對中國派兵侵入臺灣。而我國應該怎麼做才好呢？我想應該要慎重的商量才行。這就是身為外務大臣的我的立場。」

青木外相看著濱崎。

「總理，你覺得如何？我想聽聽你的意見。」

「我的意見嗎？」

濱崎看著坐在桌前的相關閣僚以及內閣安全保障局的幹部，以及防衛廳、警察廳及海上保安廳的幹部們。

「先前美國總統辛普森打了內線電話。辛普森總統對我提出了要求。」

「要求？不是請求嗎？」

青木外相問道。

「是要求。不是請求那麼容易的事。」

濱崎嘆了一口氣。

「他怎麼說的？」

「首先，美國政府不允許在亞洲的中國採取霸權主義。如果日本承認中國所要求的琉球西南群島的領有權，那麼會使得美國的遠東戰略大幅度遭到破壞。琉球是美國在亞洲的最大據點，如果日本允許中國的橫暴行為，會造成困擾。」

「當然，我們絕不能放棄琉球。」

青木外相高聲說道。

「第二點就是反對中國霸權主義是日本的國家百年大計。將來日本將要和歐美聯合成為三強。因此在亞洲中國的霸權主義就是最大的阻礙。所以為了日本著想，一定要摘掉其霸權主義之芽。

第三則是基於反對中國霸權主義的立場，根據聯合國安全保障理事會的決議，立刻派遣駐日美軍到臺灣去，增強第七艦隊與太平洋艦隊的兵力。同時基於美日安保條約以及指導方針，日本一定要提供美軍的後方支援。」

「事實上，就是日本與美國一起參戰。」

栗林防衛長官說道。

「到目前為止還好，問題在於第四點。美國政府如果對於臺灣海峽問題或南海問題提出干涉，認為距離過於遙遠。同時關於通過相同海域的海上補給線的安全問題，應該由日本獨自防守。基於這個觀點，如果臺灣成為中國霸權主義的犧牲品，日本受到的影響最大。因此，這次臺灣有事，日本一定要派遣自衛隊，全力防衛臺灣。

如果日本畏懼中國的霸權主義，什麼也不做的話，那麼美國也會放棄與日本的安保條約。萬一中國對日本進行核武攻擊，到時美國就沒有義務保護日本了。」

「這根本是美國對日本的威脅嘛！」

通產相川島憤慨地說著。濱崎點頭說道：

「也就是說，這根本不是請求而是要求。不能夠坐視不顧了。」

會議室一陣嘩然。

「總理的決定如何？」

青木外相問道。

「如果美國一直威脅我國，一定會使得事態更為緊急。所以我已經下定決心，為了百年大計，我國必須要看清將來的發展，還是應該要以美日關係為主軸，因此要和美國保持良好關係。所以，日本一定要和美軍一起派遣自衛隊，保護臺灣。防衛廳長官，你覺得如何？」

防衛廳長官栗原，用力地點了點頭說道：

「雖然很生氣，但也無可奈何。自衛隊裡有美軍。老實說，如果自衛隊裡沒有美軍就無法獨立作戰。遺憾的是自衛隊的實態就是彌補美軍的不足，不能算是一個獨立國家的軍隊。美軍一旦撤退，日本就必須要自行擁有核子武器，同時要使用巨額的軍事預算，增加軍隊才行。以現在而言，和美國協調來處理世界問題，應該是最有效、合理的做法，而且還有一點就是不需要擁有太大的軍力。」

「也就是說，你也贊成自衛隊參加PKF囉？」

「是的。除此之外別無他法。」

「可是俄羅斯等國反對啊！」

川島通產相訝異地說道。青木外相回答。

「俄羅斯想要在這時候賣恩情給中國，漁翁得利。因為他們不希望聯合國安全保障理事會的主導權被美國奪走，才會一直抱持反對的立場。所以他們並不會真正地發動否決權。

濱崎看著統幕議長河原端。

「到底要以何種形勢派出自衛隊呢？這也是問題。統幕議長，你覺得如何？」

統幕議長河原端挺胸說道：

「依憲法規定，自衛隊若要派兵到海外，唯有加入ＰＫＦ一途。而且也只有在聯合國安保理事會的決議之下才能派兵。」

「符合這個條件嗎？」

「的確如此。假設臺灣有事，隨時做好可以派遣部隊的準備。然後就等最高司令官總理下達命令。」

濱崎再看一次閣僚們。

「好。基於自衛隊法，我是最高司令官。我下令派遣自衛隊加入ＰＫＦ。防衛廳長官及統幕議長，自衛隊該如何派遣。其規模與方法，以及要派遣陸海空自衛隊的哪一個部隊、派遣的時間等等，要請你們商討一下。」

「知道了。我們會討論。不過有一句話我必須要先對總理說。」

統幕議長河原端說道。

「什麼事？」

「派遣自衛隊參家ＰＫＦ時，指揮系統只有在聯合國的ＰＫＦ司令部下才可以調動。當然總理和防衛廳長官的指揮權就消失了。像美軍就不希望指揮權脫離自己的國家，因此，不是以聯合國軍隊的名義出兵，而是成為接受安保理事會決議的多國籍軍聯合軍隊的名義出兵。自衛隊就無法辦到這一點了，希望你能瞭解。」

「原來如此。如果參加ＰＫＦ，就無法與日本防衛建立直接關係囉？」

濱崎看著栗林防衛廳長官。

「也就是說ＰＫＦ與自衛隊要巧妙地區分使用。」

濱崎陷入沉思當中。會議繼續討論著。

9

臺灣東海岸　蘇澳淺灘　8月18日　下午二時

美國第七艦隊的水上艦艇十一艘，以航空母艦小鷹號及核子動力航空母艦尼米茲和一艘補給艦為主，形成輪形陣型，在蘇澳港淺灘十二海里處緩緩南下。

伴隨大航空母艦戰鬥群的是海上自衛隊的八艘第一護衛隊群以及三艘第二護衛隊群，在十海里後方，同樣以輪形陣型隨行。

十一艘第一、第二護衛隊群護衛艦的中心是補給艦「常磐」「永久」，與其並行的則是LST4001「大隅」，以及同型艦LST4002「知床」。

護衛艦「春雨」乘風破浪，在輪形陣型左翼中央的位置航行。國松艦長站在艦橋上，用望遠鏡看著周圍的海洋。

在先前琉球海戰中第二護衛隊群減少為DDG「春雨」和宙斯盾艦DD「霧島」、DDG「島風」等三艘。因此第二護衛隊群會合第一護衛隊群八艘，組成聯合國PKF派遣部隊，朝臺灣東海岸出發。

第一護衛隊群是由宙斯盾艦「金剛」、「夕霧」、「雨霧」、「村雨」、「濱霧」、「澤霧」、「倉間」、「旗風」和補給艦「永久」構成的。

第一、第二聯合護衛隊群的旗艦，是由第一護衛隊群的宙斯盾艦「金剛」負責。

上空則由航空母艦小鷹號和尼米茲號的艦載機F—14雄貓的兩架編隊負責警戒。

再加上進出琉球、石垣機場的空軍自衛隊的兩架F—15老鷹戰鬥機編隊盤旋上空，負責警戒工作。

國松艦長從望遠鏡看到旗艦「金剛」的艦橋艉桿上，掛著海上自衛隊的旭日旗以及藍色的聯合國旗。

派遣加入聯合國PKF對國松艦長而言是頭一遭。在藍色的聯合國旗幟之下維持和平活動，根本是從未想過的事情。有一種非常盛大的感覺。

從艦橋上可以看到外觀與輕型航空母艦類似的登陸艦「大隅」和「知床」。同艦也算是補給艦，但是正確應該說是坦克登陸艦。

而且兩艦在這次的PKF派遣軍當中，並不是艦載直昇機，而是搭載著海上自衛隊裝備的垂直離陸短距離滑行機VSTO／VL·麥克道格拉斯AV—8B鷂式II型戰鬥機各六架。

鷂式II型戰鬥機，與美國海軍航空隊所採用的鷂式戰鬥機為同一型機。

現在在機尾插著日本旗的鷂式戰鬥機，從「知床」的甲板緩緩升空，垂直離陸。

「真希望我國的海上自衛隊能儘早擁有像美國一樣的航空母艦。」

航海長早見一等海尉一邊看著望遠鏡，一邊對著國松說著。

「日本和美國相比，還是比較貧窮的國家。要從登陸艦變成航空母艦，恐怕還早呢！」

國松艦長嘆口氣說道。早見一尉搖搖頭說：

「以前我國海軍僅次於美國海軍，是擁有多艘航空母艦的海軍。現在熄滅了這個傳統的燈火，對於先人們真是感到非常抱歉。」

「海上自衛隊和以前的帝國海軍不同。雖然說要繼承傳統，但是精神完全不一樣。以前的帝國海軍根本不可能加入聯合國軍隊，或者是納入其他國家的指揮之下。應該像美國海軍一樣，在自己國家指揮官的指揮下作戰才對。和現在的我們是不同的。」

國松艦長說著。

因為聯合國安全保障理事會已經決議派遣維持和平軍到臺灣去，因此，關於聯合國ＰＫＦ司令部的構成及主導權，都由安保理軍事委員會來負責。

結果印度和澳洲、日本、芬蘭、英國、法國等派出指揮幕僚組成司令部，總司令官則由印度軍隊的少將來擔任。但是等到實際出動之後，才發現還是有許多爭執。

聯合國ＰＫＦ司令部最初下達的命令，是要日本海上自衛隊強化對於臺灣周邊的監視活動。

中國及臺灣都不接受停戰決議，因此，只好行使軍力支援臺灣，而且要中國接受聯合國的決議。在目前這個階段雖然已經完成，不過到現在為止只能持續監視活動而已。

鷂式戰鬥機在上空盤旋，發出極大的聲響。國松艦長用望遠鏡抬頭看著鷂式戰鬥機。這時另外一架鷂式戰鬥機從「大隅」離艦了。

兩架鷂式戰鬥機組成編隊，在護衛隊群的上空緩慢盤旋。

國松很驕傲地看著鷂式戰鬥機飛翔的雄姿。

當時誰也沒有想到，鷂式戰鬥機美麗的機身，最後還是被鮮血染紅了。

（待續）

軍力比較資料

自衛隊

◎以下是中日戰爭時的編成

⊙航空自衛隊

航空總隊

總隊司令部飛行隊（入間）

電子戰支援隊（入間）　YS—11E、EC—1

電子飛行測定隊　YS—11E

偵察飛行隊（百里）

第五〇一飛行隊　RF—4E、RF—4EJ

防空指揮群（府中）

飛行教導隊（新田原）　F—15J

警戒航空隊

第六〇一飛行隊（三澤）　E—2C

第六〇二飛行隊（小松）　E767AWACS

程式管理隊（入間）

教導高射隊（濱松）

★北部航空方面隊（三澤）

北部航空警戒管制團（三澤）

第二航空團（千歲）

第二〇一飛行隊　F—15J

第二〇三飛行隊　F—15J

第三航空團（三澤）

第三飛行隊　F—2（F—1退役）

第八飛行隊　F—4EJ改良型

第三高射群（千歲）千歲、長沼（愛國者飛彈）

第六高射群（三澤）八雲、車力（愛國者飛彈）

北部航空設施隊（三澤）

第一基地防空群（千歲）

★中部航空方面隊（入間）

中部航空警戒管制團（入間）

第六航空團（小松）

第三〇三飛行隊　F—15J

第三〇六飛行隊　F—4EJ改良型變更為F—15J

第七航空團（百里）
第二〇四飛行隊　F—15J
第三〇五飛行隊　F—15J
第一高射群（入間）　入間、武山、習志野、霞浦（愛國者飛彈）
第四高射群（岐阜）　餐庭野、岐阜、白山（愛國者飛彈）
中部航空設施隊（入間）　入間、小松、百里
硫黃島基地隊
各基地防空隊
★西部航空方面隊（春日）
西部航空警戒管制團（春日）
第五航空團（新田原）
第二〇二飛行隊　F—15J
第三〇一飛行隊　F—4EJ改良型
第八航空團（築城）
第三〇四飛行隊　F—15J
第六飛行隊　F—4EJ改良型（F—1退役）
第二高射群（春日）
第五〇一基地防衛隊
西部航空設施隊（蘆屋）

西部航空司令部支援飛行隊（春日）
★西南航空混合團（那霸）
西南航空警戒管制團（那霸）
第五〇一基地防衛隊
第八三航空隊
第三〇二飛行隊　F—4EJ改良型
（擁有三十架以上）
西南支援飛行班　T—4、B—65
第五高射群（那霸）　那霸、恩納、知念（愛國者飛彈）
★航空支援集團（府中）
航空救難團（入間）　包括千歲、那霸等各地的救難隊
第一運輸航空隊（小松）
第四〇一飛行隊　C130H
第二運輸航空隊（入間）
第四〇二飛行隊　C—1、YS—11
第三運輸航空隊（美保）
第四〇三飛行隊　C—1、YS—11、U—4
第四一教育飛行隊　T—400
航空保安管制群（入間）
航空氣象群（府中）

飛行檢查隊（入間）U－125、T－33A、YS－11
特別運輸航空隊（千歲）
第七〇一飛行隊　B747
★航空教育集團（濱松）
第一航空團（濱松）
第三十一教育飛行隊　T－4
第三十二教育飛行隊　T－4
第四航空團（松島）
第二十一飛行隊　T－2
第二十二飛行隊　T－2
第十一飛行隊　T－4藍因帕雷
第十一飛行教育團（靜濱）　T－3
第十二飛行教育團（防府）　T－3
第十三飛行教育團（蘆屋）　T－1／T－4
航空教育隊（防府南、熊谷）
幹部候補生學校（奈良）其他術科學校
★航空開發實驗集團（入間）
航空醫學實驗隊（立川）
電子開發實驗群（入間）
飛行開發實驗團（岐阜）

★補給本部（市谷）　第一到第四補給處

⊙海上自衛隊

自衛艦隊（橫須賀）

護衛隊群（橫須賀）

★第一護衛隊群（橫須賀）
宙斯盾艦DD173「金剛」
第四六護衛隊（橫須賀）
DD153「夕霧」
DD154「雨霧」
第四八護衛隊（橫須賀）
DDG101「村雨」
DD155「濱霧」
DD157「澤霧」
第六一護衛隊（橫須賀）
DDH144「倉間」
DDG171「旗風」
補給艦
AOE421「永久號」

第一二一航空隊　SH—60J

★第二護衛隊群（佐世保）

宙斯盾艦DD174「霧島」

第四四護衛隊（吳）

DD129「山雪」　在第三波攻擊中中彈受損，不能航行

DD130「雪山」　在第一波攻擊中被中國海軍艦反艦飛彈擊沉

第四七護衛隊（佐世保）

DDG102「春雨」

DD156「瀨戶霧」在第二波攻擊中受到對艦飛彈攻擊，被擊沉

DD158「海霧」　在第二波攻擊中後部直受損，航行無礙

第六二護衛隊（佐世保）

DDH143「白根」在第二波攻擊中後部甲板中彈，中度受損，能自力回航

DDG172「島風」

補給艦

AOE423「常磐」

第一二二航空隊

★第三護衛隊群（舞鶴）

宙斯盾DD175「妙工」

第四二護衛隊（舞鶴）

DD128「春雪」

DD131「瀨戶雪」

第四五護衛隊（佐世保）

DDG168「立風」

DD151「朝霧」

DD152「山霧」

第六三護衛隊（舞鶴）

DDH141「春名」

DDG169「朝風」

補給艦

AOE421「逆見」

第一二三航空隊

★第四護衛隊（吳）

宙斯盾DD176「潮解」

第四一護衛隊（大湊）

DD125「澤雪」

DD126「濱雪」

DD127「磯雪」

第四三護衛隊（橫須賀）
DD132「朝雪」
DD133「島雪」
第六四護衛隊（吳）
DDH142「冷井」
DDG170「澤風」
補給艦
AOE424「濱名」
第一二四航空隊

潛水艦隊（橫須賀）

☆第一潛水隊群（吳）
ASR402「不死身」　潛水艦救難艦
ASU7018「朝雲」　特務艦（護衛艦DD山雲型三號艦FARM）
ATSS8006「夕潮」　教練潛水艦
★第一潛水隊
SS575「瀨戶潮」
SS576「沖潮」
SS579「秋潮」
★第五潛水隊
SS583「春潮」
SS584「夏潮」
SS587「若潮」
★第六潛水隊
SS585「早潮」
SS586「荒潮」
SS588「冬潮」
☆第二潛水隊群（橫須賀）
AS405「千代田」　潛水艦救難母艦
ASU7019「望月」　特務艦（事實上是將護衛艦DD「高月」型的二號艦「菊月」進行現代化修改FARM艦）
★第二潛水隊
SS577「灘潮」
SS578「濱潮」
★第三潛水隊
SS589「朝潮」
SS590「親潮」
★第四潛水隊
SS580「竹潮」
SS581「雪潮」

SS582「幸潮」

掃雷隊

★第一掃雷隊群（吳）
MST462「朝瀨」
第十四掃雷隊（佐世保）
MSC656「藥島」
MSC657「鳴島」
MSC669「曾孫島」
第十六掃雷隊（吳）
MSC662「濡島」
MSC663「枝島」
第十九掃雷隊（吳）
MSC665「姬島」
MSC666「置島」
MSC667「兩島」
第二三掃雷隊（吳）
MSC676「汲島」
MSC677「撒島」
MSC678「跳島」
★第二掃雷隊群（橫須賀）
MST463「裏賀」（橫須賀）
MSC951「草屋」（橫須賀）
第二十掃雷隊（大湊）
MSC670「泡島」
MSC671「朔島」
第二一掃雷隊（橫須賀）
MSC674「月島」
MSC675「前島」
第二二掃雷隊（橫須賀）
MSO301「八重山」
MSO302「都島」
MSO303「八丈」
第五一掃雷隊（橫須賀）
☆開發指導隊群（橫須賀）
試驗艦ASE6101「栗濱」
試驗艦ASE6102「明日賀」
☆第一運輸隊（橫須賀）
LST4151「見裏」
LST4152「牡鹿」
LST4153「札間」
LST4001「大隅」

地方隊

☆橫須賀地方隊（從岩手到三重）
第三三護衛隊
DE223「佳野」
DE224「熊野」
DE225「野白」
第三七護衛隊
DD122「八雪」
DE220「千歲」
DE221「二淀」
第十掃雷隊
MSC653「浮島」
MSC668「百合島」
小笠原分遣隊（父島）　特務艇85號ASU85直轄艦
破冰艦AGB5002「白瀨」
運輸艦LST4101「厚見」
LCU2002「運輸艇二號」
☆佐世保地方隊（從山口經過對馬海峽，從東海到台灣海峽附近）
DDA164「高月」

第三九護衛隊
DE231「大淀」
DE232「千代」
DE234「戶根」
第三四護衛隊
DE229「虻熊」
DE230「陣痛」
DE233「千熊」
第十一掃雷隊（下關基地隊）
MSC650「二之島」
MSC651「宮島」
第十三掃雷隊（琉球基地隊）
MSC654「大島」
MSC655「兄島」
直轄艦
LST4102「元府」
LCU2001「運輸艇一號」
佐世保地方隊大村飛行隊所屬對馬防備隊
西克魯斯基HSS—2B千鳥　四架
☆舞鶴地方隊（負責連結秋田與島根的日本海地區）
第二護衛隊

DD119「青雲」
DD120「秋雲」
DD121「夕雲」
第三一護衛隊
DE217「見熊」
DE219「岩瀨」
第十二掃雷隊
MSC652「繪之島」
MSC661「高島」
直轄艦
LSU4172「野戶」
☆大湊地方隊（負責與俄羅斯的北方海峽部分，進行宗谷海峽、津輕海峽的海上監視）
第二三護衛隊
DD123「白雪」
DD124「峰雪」
第三五護衛隊
DE226「石雁」
DE227「夕梁」
DE228「夕鶖」
第十七掃雷隊（函館基地隊）
MSC660「母島」
MSC664「神島」
大湊航空隊直昇機
第一飛彈艇隊（余市防備隊）
稚內基地分遣隊
直轄艦
LST4103「合歡爐」
☆吳地方隊（從瀨戶內海、和歌山到宮崎）
第二二護衛隊
DD118「村雲」
DD165「菊月」
第三八護衛隊
DE218「都下治」
DE222「手潮」
第一〇一掃雷隊　負責內海淺海面的掃雷工作
第十五掃雷隊（阪神基地隊　小型總監部的部隊）
MSC658「父島」
MSC659「鳥島」
第一港灣巡邏隊
巡邏艇25號PB925
26號PB926

27號PB927

呉警備隊　佐伯基地分遣隊：特務艇84號ASU84直轄艦
LSU4171「愉樂」

小松航空隊　負責相當於內海東入口的紀伊水道地區的
港灣防備工作，反潛直昇機部隊

☆教練艦隊（呉市）

航空集團

航空集團司令（綾瀨）

第一航空群（鹿屋）　P3C
救難航空隊（UH60）　US—1A改良型救難飛行艇

第二航空群（八戶）　P3C
救難航空隊（UH60）　US—1A改良型救難飛行艇、UH—60J救難直昇機

第四航空群（厚木）　硫黃島基地、南鳥島基地P3C
救難航空隊（UH60）　US—1A改良型救難飛行艇、UH—60J救難直昇機

第五航空群（那霸）　P3C

第二一航空群（館山）　反潛飛行隊、護衛艦搭載直昇機的親飛行隊
HSS2、SH60J、UP3C／D電子戰訓練支援機（各護衛隊群各有一架）、UH—60J救難直昇機
第一二一航空隊、第一二四航空隊

第二二航空群（大村）　反潛飛行隊、護衛艦搭載直昇機的親飛行隊
HSS2、SH60J、UP、3D電子訓練支援機（各護衛隊群各有一架）

第三一航空群（岩國）US1、U36等

第八一航空隊、EP3（電子戰資料收集機）

第一一一航空隊　從空中去除水雷的直昇機掃雷部隊　MH53E

第五一航空隊（厚木）　負責航空相關研究開發各機種

第六一航空隊（厚木）　運輸、艦隊支援　YS11、LC90

航空管制隊（厚木）

航空設施隊（八戶）

教育航空集團

教育航空集團司令部（千葉、沼南町）

下總教育航空群（同）

德島教育航空群（德島、松茂町）

小月教育航空群（下關）

第二一一教育航空群（鹿屋）

⊙陸上自衛隊

北部方面隊

第二師團（普通科連隊三個、坦克連隊一個、砲兵連隊一個、後方支援連隊一個為基幹）

第七師團　機甲師團　進行整個北海道的機動打擊任務

普通科連隊一個、坦克連隊三個、砲兵連隊、高射砲兵連隊、偵察隊、設施大隊、通信大隊、飛行隊、後方支援連隊組成師團

第五旅團（帶廣）　召集預備役增強實力，再編成為第五師團、第四連隊戰鬥團、第六連隊戰鬥團、第二十七連隊戰鬥團

第十一旅團（真駒內）

東北方面隊

第六師團　支援青函地區的第九師團、京濱地區的第一師團。機動支援全國

第九師團

東部方面隊

第一師團

、第十二旅團（相馬原）　機動支援全國各地

空中機動旅團

第一空挺團（船橋）普通科群（普通科中隊四個、重砲中隊）、反戰車隊一個、設施隊一個及其他

中部方面隊

第三師團

第十師團　支援京濱地區的第一師團、阪神地區的第三師團。機動支援全國

第十三旅團（海田市）　機動支援全國

海上機動旅團

第二旅團（前第二混合團、善通寺）　機動支援全國。海上機動旅團。（普通科連隊一個為基幹、砲兵大隊）

西部方面隊

第四師團　第四十普通科連隊、第四十一普通科連隊、第十六普通科連隊、第十九普通科連隊

第八師團（北熊本）　對於關門、對馬海峽部、琉球、全國進行機動支援

第一旅團（前第一混合團）　支援部隊

＊註記　普通科連隊是由本部管理中隊、四個普通科中隊（普通）、重迫擊砲中隊、反戰車中隊編成。第二旅團普通科連隊中，加上反戰車中隊。砲兵大隊則由本部管理中隊、三個射擊中隊、高射中隊編成

◇美國海軍第七艦隊

橫須賀　航空母艦戰鬥團

藍山脊號　LCC—19旗艦

獨立號　CV—62航空母艦

銀行山號　CG—52宙斯盾巡洋艦

移動灣號　CG—53宙斯盾巡洋艦

卡提斯威爾巴號　宙斯盾驅逐艦

歐布萊恩號　DD—975　受到中國空軍反艦飛彈攻擊，被擊沉

休伊特號　DD—966

卡茲號　FFG—38

馬克爾斯基號　FFG—41

洛德尼大衛號　FFG—60

沙奇號　FFG—43

佐世保　兩用戰鬥機

波弗特號　ATS—2

貝勞伍德號　LHA—3

布倫斯威克號　ATS—3

都布克號　LPD—8

福特馬克亨利號　LSD—43

日耳曼城號　LSD—42

衛士號　MCM—5

愛國者號　MCM—7

中國軍隊

◎以下是指中國內戰時的戰力估計。

總兵力　正規軍約三二〇　人萬人

（其中包括徵兵一七五萬人，預備役募兵八十萬人）

公安、武裝警察部隊約一百萬人

民兵部隊（非正規軍）約四千萬人

※此外在地方還有未組織的武裝勞動者士兵，武裝農民約一億人以上

戰略飛彈戰力

司令部、北京（黨中央軍事委員會直轄）

戰略火箭部隊（第二砲兵部隊）　7萬人

飛彈基地：6

洲際彈道飛彈（ICBM）　17座（估計）

CSS—4（DF—5）　4座

MIRV（多目標彈頭）搭載飛彈　12座

中程彈道飛彈（IRBM）　50座

陸軍

現役二八〇萬人（戰略火箭部隊、徵兵一五〇萬人也包括在內）

五大軍區二十省區三警備區（減少二大軍區八省）

統合集團軍十七個（通常各軍是由步兵師團三個、坦克旅團或坦克師團一個、砲兵旅團一個、高射砲旅團一個編成）

【戰鬥部隊】

步兵師團五三個（諸兵科聯合、機械化步兵師團二個也包含在內）

預備步兵師團約三十個

新編成步兵師團約四十個

機甲師團七個

野戰砲兵師團五個

獨立機甲旅團一個

獨立野戰砲兵旅團四個
獨立高射砲旅團三個
獨立工兵連隊十個
緊急展開部隊大隊六個
航空隊、直昇機大隊群四個
空挺部隊（要員屬於空軍）軍團一個：空挺師團三個

〈主要裝備〉

〈主力坦克〉　約六〇〇〇輛
T—34／85型坦克　二五〇輛
T—59型坦克　四四〇〇輛
T—69型坦克（T—59改良型）　一五〇輛
T—79型、T—80型、T—85型ⅡM　八〇〇輛以上

〈輕型坦克〉　約一四〇〇輛
63型水陸兩用輕型坦克　八〇〇輛
62型輕型坦克　六〇〇輛
步兵戰鬥車　六〇〇輛
裝甲運兵車　一八〇〇輛
牽引砲　九五〇〇門
自動砲　一三〇〇輛
多聯裝火箭發射機　三一〇〇座
（包括牽引式、自動式在內）
迫擊砲　四萬門
（包括牽引式、自動式在內）
高射砲　一萬門
地對空飛彈　七〇〇座
（包括自動式在內）
直昇機　五〇架

※其他、地對空飛彈M—9（CSS—6／DF—11，射程五〇〇公里）、M—11（CSS—7／DF，射程一二〇～一五〇公里）、反坦克制導武器的HJ—8（TOW米蘭）、HJ—73（沙加型）、無座力砲、反坦克砲、火箭發射器等。

⬅海軍

現役二十六萬人（包括海軍陸戰隊二萬五千人、海軍航空隊二萬五千人、沿岸地區防衛隊二萬五千人）

〈三艦隊編成〉

航空母艦四艘（估計）、水上戰鬥艦艇四五七艘、潛水艦一〇〇艘、水雷戰艦艇一五〇艘、兩用戰艦艇四

二五艘、支援艦艇及其它一八〇艘、作戰飛機

〔北海艦隊〕

相當於瀋陽、北京、濟南軍區。負責從北韓國境到連雲港為止的沿岸防衛與渤海、東海的海上防衛與監視。

基地：青島（司令部）、大連、葫蘆島、威海、長山

部隊：潛水艦戰隊二個、航空母艦戰鬥群一個、護衛艦戰隊三個、水雷戰戰隊一個、兩用戰戰隊一個、其他、渤海灣教練小艦隊。

巡邏艦艇、沿岸戰鬥艦艇三〇〇艘

航空部隊／轟炸、戰鬥、攻擊各一個，總計三個師團。

此外還新設配備二個航空連隊，當成航空母艦團

第一航空母艦戰鬥群

航空母艦「大連」、輕型航空母艦「旅順」與一護、第十一、第三十一護衛隊

航空母艦「大連」

輕型航空母艦「旅順」受到反艦飛彈攻擊，被擊沉

第一護衛艦隊　旗艦「延安」

第十一護衛隊

旅大改級飛彈驅逐艦「延安」、「齊齊哈爾」（受損嚴重）、「鄭州」、「蘭州」（被擊沉）江威級飛彈護衛艦「洛陽」、「鞍山」（被擊沉）、「溫州」、「長沙」（嚴重受損，自力航行回航）

第三一護衛隊

普通型反潛驅逐艦「徐州」（被擊沉）、「無錫」（嚴重受損，自沉）、「南寧」（被擊沉）、「常州」普通型反潛護衛艦「泉州」（被擊沉）、「寧波」（嚴重受損，自沉）

補給艦「萍鄉」（被擊沉）

第二航空母艦戰鬥群（預定）　航空母艦「北京」（裝備中）

輕型航空母艦「長春」（建造中）

第二護衛艦戰隊　旗艦「青島」

第十二護衛隊

旅大改級飛彈驅逐艦「青島」

江威級飛彈護衛艦

第三二護衛隊

第三護衛艦戰隊　旗艦「成都」

第十三護衛隊

旅大改級飛彈驅逐艦「成都」

第四三護衛隊

〔東海艦隊〕

相當於南京軍區。負責從連雲港到東山的沿岸防衛，以及台灣海峽和東海的海上防衛與監視。

基地：上海（司令部）、吳淞、定海、杭州

部隊：潛水艦戰隊二個、護衛艦戰隊二個、水雷戰戰隊一個、兩用戰戰隊一個、巡邏艦隊、沿岸戰鬥艦艇二五〇艘

海軍陸戰隊師團一個，沿岸地區防衛隊部隊

航空部隊：轟炸、戰鬥、攻擊各一個，總計三個師團

第四護衛艦戰隊　旗艦「西安」

第二一護衛隊

第四二護衛隊

第五護衛艦戰隊　旗艦「齊齊哈爾」

第二二護衛隊在第二次琉球海戰中幾乎完全滅絕

旗艦飛彈DD「哈爾濱」（中度受損）、DD「湘潭」（被擊沉）

FF「銅陵」、「四平」（輕微受損）、「淮南」（嚴重受損）、「新鄉」（被擊沉）

第三三護衛隊

〔南海艦隊〕

相當於廣州軍區。負責從東山到越南國境為止的沿岸防衛與南海的海上防衛及監視。南北戰爭爆發的同時，一部分艦艇倒戈，投靠華南共和國海軍，因此立刻改組編成南海艦隊。

新基地：上海（臨時司令部）、杭州（臨時）、福州

新部隊：潛水艦戰隊二個、護衛艦隊一個　巡邏艦艇，沿岸戰鬥艦艇一〇〇艘

航空部隊：轟炸、戰鬥、攻擊各一個，總計三個師團

第六護衛艦戰隊（再編）　旗艦（新）「南京」　在台灣海峽海戰中大致毀滅

第二三護衛隊　旅大級五艘「南京」、「吉安」（被擊沉）、「長春」（被擊沉），只有兩艘嚴重受損，無法航行

第四一護衛艦　江衛改級五艘護衛艦中，一艘被擊沉，兩艘中度受損海軍航空兵部

海軍每個艦隊都擁有航空兵部，各擁有一個轟炸、戰

鬥、攻擊的航空師團
（三艦隊×三個航空師團＝九個）
航空母艦「大連」　第七一航空隊
　殲擊11（J—11）戰鬥機隊
輕型航空母艦「旅順」　第一〇一航空隊
　亞克布雷夫Yak—38戰鬥機隊
航空母艦「北京」　第七二航空隊（訓練中）
　殲擊11（J—11）戰鬥機隊
輕型航空母艦「長春」　第一〇二航空隊（訓練中）
　亞克布雷夫Yak—38戰鬥機隊
海軍陸戰隊（海軍步兵）　師團一個（步兵連隊三個、坦克連隊一個、砲兵連隊一個）
預備役：師團八個（步兵連隊二四個、坦克連隊八個、砲兵連隊八個）、獨立坦克連隊二個沿岸地區防衛隊
獨立砲兵連隊及地對艦飛彈連隊　三五個

〈艦艇、裝備〉

〈潛水艦〉　一〇〇艘
戰略核子潛艦（漢級）　一艘
戰術潛水艦　攻擊型核子潛艇　五艘
非彈道飛彈普通型　二艘
攻擊型普通型　九二艘
※但是現有的一〇〇艘中五十艘是舊式艦艇，是否能發揮作用不得而知。中國打算從俄羅斯購買柴油推進潛水艇SSK，總數二二艘，其中十艘似乎已經進口。

〈主要水上戰鬥艦〉　七〇艘
攻擊型航空母艦（輕型航空母艦）　二艘
飛彈驅逐艦　二三艘
飛彈護衛艦　二艘

〈巡邏艦艇、沿岸戰鬥艦艇〉　三八七艘
飛彈艇　二一七艘
魚雷艇　一六〇艘

〈水雷戰艦艇〉　一二〇艘

〈兩用戰艦艇〉　四二五艘
坦克登陸艦　二〇艘
中型登陸艦　三五艘
多用途登陸艇（舟艇）　三二〇艘
坦克登陸艇　一〇艘
兵員登陸艇　四〇艘

〈支援艦艇、其他〉　一七〇艘

運輸艦　四〇艘
海上油船　三五艘
潛水艇支援艦　一〇艘
其他　九五艘

〔海軍航空飛機〕　約七二〇架
殲擊5（J—5）　五〇架
殲擊6（J—6）　二三〇架
殲擊7（J—7）　八〇架
殲擊8Ⅱ（防空專用，聽從空軍防空指揮所指令）　六〇架
殲擊11（J—11）Su—27P　二八架
殲擊11Ⅱ（J—11Ⅱ）Su—27SK　二六架
強擊5Q—5　四〇架
輕型轟炸機H—5　八〇架
中型轟炸機H—6（搬運核子武器）　七〇架
C—601／801空對艦飛彈的運用可能
改造成對艦攻擊機
國產飛船哈爾濱水轟5型（SH—5）　七架
Be—6反潛飛船　一〇架
垂直離陸戰鬥機Yak—38　五〇架

反潛直昇機　六〇架
〔海軍步兵裝備〕
主力坦克T—59型坦克、輕型坦克、裝甲運兵車、多聯裝火箭發射器等

空軍

現役　三十三萬人（包括戰略部隊、防空要員徵兵在內）
作戰機　約四八〇〇架
五空軍區（相當於陸軍的大軍區）
總司令部：北京
航空師團共有五軍區（北京、濟南、蘭州、南京、成都，二軍區分離獨立），合計三十六個轟炸機師團由七十架增加為九十架，戰鬥機師團由七十架變成一二四架
戰鬥部隊：航空師團　二一個
一個航空師團由三個航空連隊構成，三個連隊中一個是普通、攻擊機連隊
一個連隊由三～四個飛行隊（中隊）組成

一個飛行隊由三個飛行小隊組成。一個飛行小隊由戰鬥機部隊四架、運輸機或轟炸機三架編成。各航空師團配備一個技術勤務部隊、運輸機、教練機

〔轟炸機師團〕 約八〇五架

〈轟炸機〉 約四〇〇架

中型轟炸機、轟炸六、轟炸六改良型
（H—6／Tu—16的複製品） 約六〇架

輕型轟炸機、轟炸5
（H—5／伊留申Ⅱ—28獵兔犬） 約三〇〇架

Tu—4公牛（波音B—29複製品） 約四〇架

〈對地攻擊戰鬥機〉 約三四〇架

強擊5（Q—5／J—6改良型） 約七〇架

強擊5改良型（Q—5Ⅲ） 約二七〇架

〈※強擊5（Q—5）家族的內容與分類〉

Q—5的衍生型、輸出型A—5（以米格—19為基礎，獨自開發的機型）

Q—5　搭載核子武器型

Q—5Ⅰ　增加武器搭載量，擴大與增設燃料搭載空間、提升引擎的力量，進行彈射座椅的更新等改良

Q—5ⅠA　擁有全方位警戒裝置裝備，加壓、給油系統的改良型

Q—5Ⅲ　提升引擎的力量，輸出型的A—5C就是這一型

A—5M　與義大利的亞雷里亞公司共同開發，更新電子機器，增加主翼下的硬體。此外，還有機頭前端使用黑色電波透過材的雷達天線罩的機型

〈戰鬥轟炸機〉

殲轟7（JH—7／H—7轟炸機型的全方位型） 約六五架

〔戰鬥機師團〕

〈戰鬥機〉 約二八〇〇架

殲擊5（J—5／米格—17大都為偵察用） 約二〇〇架

殲擊6（J—6／殲擊6改良型、米格—19） 約二三四〇架

殲擊7（J—7Ⅱ、Ⅲ／Ⅲ相當於米格—21MF） 約二八〇架

殲擊8（J—8／國產J—7的大型雙引擎化型） 約六〇架

殲擊8Ⅱ（J—8Ⅱ／J—8Ⅱ改良型） 約四〇架

殲擊9（J—9／以IAI為基礎嘗試開發） 一二架

殲擊10（J—10／J—9的增產型）	三〇架
殲擊11（J—11／Su—27P直率）	四六架
殲擊11Ⅱ（J—11Ⅱ／Su—27SK）	六二架
殲擊12（J—12／米格—31狐蝠）	二四架
FC—1（計畫名）	數架
〈偵察機〉	二六六架
偵察型轟偵5型（HZ—5／H—5的衍生型）	約三〇架
偵察型殲偵6型（JZ—6／J—6的衍生型）	約七〇架
偵察型JZ—7	九架
運輸機	五〇〇架
直昇機	三三〇架
〈教練機及其他〉	約一〇〇〇架
殲教2型JJ—2／米格—15UTI教練機	約二〇〇架
其他	約八〇〇架
◎防空師團	九個
◎高射砲	九〇〇〇門
◎獨立防空連隊	一六個
◎地對空飛彈部隊	六〇個
◎準軍事部隊　人民武裝警察（國防部）	一二〇萬人

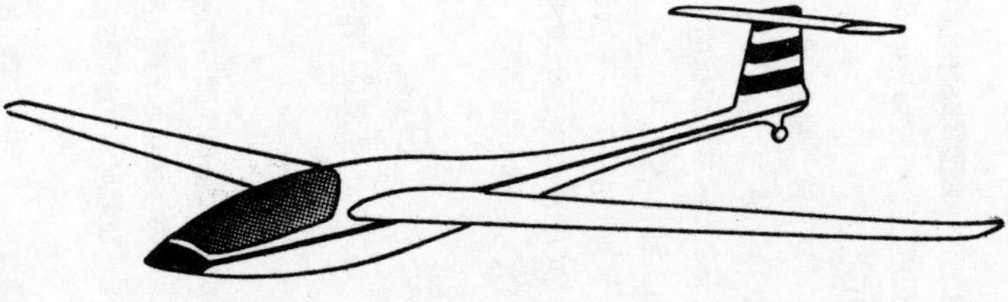

台灣南北軍戰力比較

◎以下是台灣發生內戰時的戰力估計。

【台灣北軍（國共合作派革命政府軍）】

總兵力：現役　五萬人。預備役五萬人

←陸軍

首都警備師團司令部

台北軍管區司令部

戰鬥部隊

機械化步兵師團	一個
步兵師團（首都警備師團）	一個
步兵師團	一個
獨立機甲旅團	一個
地對空群	一個
：地對空飛彈大隊	二個

〔主要裝備〕

〈主力坦克〉	一二〇輛
M—48A5	四〇輛
M—48H	八〇輛
〈輕型坦克〉	二〇〇輛
M—24	四〇輛
M—41／64型	一六〇輛
裝甲步兵戰鬥車M113	三五輛
〈裝甲運兵車〉	一二〇輛
M113	一〇〇輛
V—150突擊隊員	二〇輛
牽引砲	六〇門
自動砲	一二輛

反坦克制導武器TOW　二〇〇座
無座力砲　二〇門
高射砲　五〇門
〈地對空飛彈〉
奈基Ⅱ型　二四座
霍克飛彈　三〇座
天弓Ⅰ、Ⅱ　二〇座
愛國者飛彈中隊一個　一組
〈直昇機〉　二三架
UH—1H　二〇架
CH—47　三架

海軍

基隆——司令部
水上戰鬥艦艇
驅逐艦　四艘
護衛艦　二艘
巡邏艦艇
飛彈艇　一二艘
沿岸警備艇等　數十艘

空軍

台北、松山基地空軍司令部
戰鬥機F—104G　二八架
戰鬥機F—5EⅡ老虎　一二架
運輸機　二〇架
※但是大半的飛行員都拒絕駕駛

【台灣（中華民國）政府軍（南軍）】

總兵力：現役三十七萬五千人

預備役：陸軍一百五十萬人、海軍三萬二千五百人、空軍九萬人、海軍陸戰隊三萬五千人

陸軍

二十八萬九千人（包括軍事警察在內）

三軍區司令部。一空挺特殊司令部

戰鬥部隊	
步兵師團	八個
機械化步兵師團	一個
空挺旅團	二個
獨立機甲旅團	五個
坦克群	一個
地對空飛彈群	二個
：地對空飛彈	五個
飛行群	二個
：飛行隊	六個

預備輕步兵師團　七個

〔配備狀況〕

金門島	步兵師團二個、坦克群一個
馬祖島	步兵師團一個
台灣中南部防衛	機械化師團一個、步兵師團五個、獨立機甲旅團五個、空挺旅團二個、預備輕步兵師團七個、航空大隊二個、陸戰師團二個

〔主要裝備〕

〈主力坦克〉	四五〇輛
M—48A5	三〇輛
M—48H	四〇〇輛
M—60A	二〇輛
〈輕型坦克〉	七〇五輛
M—24	一九〇輛

M—41／64型	五一五輛
裝甲步兵戰鬥車M113	一九〇輛
〈裝甲運兵車〉	八三〇輛
M113	五五〇輛
V—150突擊隊	二八〇輛
牽引砲	一〇〇〇門
自動砲	三〇三門
反坦克制導武器TOW	八〇〇座
無座力砲	四八〇門
高射砲（包括自動式在內）	三五〇門
〈地對空飛彈〉	
奈基Ⅱ型	三六座
霍克	七〇座
天弓Ⅰ、Ⅱ	三四座
愛國者飛彈中隊二個	二組

※其他多聯裝火箭發射器、迫擊砲等備有多數。

〈航空〉	
固定翼機O—1	一〇架
〈直昇機〉	一七七架
貝爾AH—1W超級眼鏡蛇	四二架
觀測直昇機OH—58D基俄瓦	二六架
UH—1H	九二架
CH—47	五架
KH—4	一二架

海軍

現役六萬八千人（其中包括海軍陸戰隊三萬人）

三海軍區

其他：左營（司令部）、馬公、基隆（落入北軍之手）

主要軍港　台中、馬公、金門、馬祖、左營、花蓮

主要艦隊

〈驅逐艦隊〉

〈第一二四艦隊（左營）〉

第一護衛戰隊

第二護衛戰隊

成功級（奧利弗·哈澤德·佩里級的改良艦）

護衛艦

「成功」「鄭和」「繼光」「岳飛」等七艘

〈第一四六艦隊（馬公）〉

第三護衛戰隊

第四護衛戰隊

武進三號改造艦朝陽級（基林級）九艘「建陽」「安陽」「昆陽」「遼陽」「德陽」「綏陽」「雲陽」「正陽」「邵陽」

〈護衛艦（巡防）艦隊〉

前第一三一艦隊（基隆）

第五護衛戰隊　「富陽」等老朽驅逐艦

第六護衛戰隊　「萊陽」等驅逐艦被北軍接收

〈新第一三一艦隊（因為北軍占領基隆，因此司令部遷移到左營）〉

新第五護衛戰隊

新第六護衛戰隊

康定級最新護衛艦艦隊

由「康定」「西寧」「昆明」「迪化」「武昌」「成都」六艘編成

〈第一六八艦隊（蘇澳）〉

第七護衛戰隊　「第七艦隊」改名

第八護衛戰隊

由美國諾克斯級（濟陽級）護衛艦六艘編成「濟陽」「鳳陽」「汾陽」「蘭陽」「海陽」「淮陽」

〔艦艇、裝備〕

潛水艦（普通型）	四艘
《水上戰鬥艦艇》	四五艘
飛彈驅逐艦	七艘
驅逐艦	一五艘
飛彈護衛艦	六艘
護衛艦	一七艘
〈巡邏艦艇、沿岸戰鬥艦艇〉	一〇一艘
飛彈艇	五二艘
掃雷艇	四艘
內海巡邏艇	四五艘
水雷戰艦艇	一三艘
兩用戰艦艇	二一艘
〈兩用戰指揮艦〉	一艘
坦克登陸艦	一四艘
登陸艦	六艘
舟艇（多用途登陸艇等）	四〇〇艘
〈支援艦、其他艦船〉	一九艘
戰鬥支援艦	一艘
運輸艦	六艘

支援給油艦　三艘
其他　九艘
◎沿岸防衛
地對艦沿岸防衛飛彈大隊　一個
◎海軍航空隊
海上巡邏飛行隊　一個
直昇機飛行隊　一個
作戰機　三三架
武裝直昇機　二二架
◎海軍陸戰隊　三萬人
陸戰師團二個以及支援部隊

←空軍

七萬二千人
作戰機　七三八架
戰鬥部隊：戰鬥航空團五個飛行隊（中隊）　二〇個
航空連隊／大隊（航空團）以下有三～四個的中隊
（飛行隊）
對地攻擊戰鬥：戰鬥飛行隊十四個

〈戰鬥機〉　約六一〇架
F—5E老虎Ⅱ戰鬥機　一七〇架
同 F—5F雙座戰鬥機　八〇架
F—104G　一一二架
IDF經國號（最後編成一三〇架）　七〇架
F—16A／B　二四架
幻象2000—5　三〇架
AT—3輕型攻擊機　約二〇架
T—38A教練機　約二〇架
T—34C基本教練機　約四〇架
AT—3A高等教練機　約四〇架
TF—104G教練機　四架
偵察：飛行隊一個　一〇架
RF—104G　六架
E—2T鷹眼　四架
搜索救難：飛行隊一個
S—70　一四架
運輸：飛行隊八個　六八架
固定翼飛機　四八架
直昇機　二〇架

其他教練機　一二二架

〔配置狀況〕

新竹基地　F—104G戰鬥機三個中隊、經國號戰鬥機一個中隊

清泉崗基地　F—5E戰鬥機三個中隊、F—104G戰鬥機三個中隊

嘉義基地　F—5E戰鬥機三個中隊、經國號戰鬥機三個中隊

台南基地　F—5E戰鬥機三個中隊、F—104G戰鬥機三個中隊、運輸飛行隊二個

台東基地　F—16A／B戰鬥機三個中隊、F—5E戰鬥機三個中隊

屏東基地　F—104G戰鬥機三個中隊、運輸飛行隊四個

花蓮基地　幻象2000—5型戰鬥機三個中隊、經國戰鬥機三個中隊

（註：台灣北部的松山基地與桃園基地，落入北軍之手）

〔準軍事部隊〕

治安機關　二萬五千人

海上警察　一千人

海關　六五〇人

華南共和國

陸軍

總兵力　約八一萬五千人
現役　十四萬五千人
公安部隊、武裝警察隊　七萬人
預備役募兵　二〇萬人
徵兵　四〇萬人

集團軍三個

第四二軍（廣東省廣州）
機械化步兵一個、摩托化師團二個、摩托化步兵旅團二個、防空師團一個、砲兵師團一個、武裝直昇機大隊一個

第三一軍（福建省）
機甲旅團一個、摩托化師團一個、輕步兵師團二個、砲兵師團一個

第四一軍（廣西省柳州）
摩托化步兵二個、摩托化旅團一個、輕步兵師團一個、輕步兵旅團一個、砲兵師團一個

新編成野戰軍（由各軍輕步兵師團或是輕步兵旅團三個編成）

新第一軍　摩托化步兵旅團二個、輕步兵師團一個
新第二軍　摩托化旅團二個、輕步兵旅團一個
新第三軍　摩托化旅團二個、輕步兵旅團一個
新第四軍　摩托化旅團一個、輕步兵旅團二個
新第五軍　輕步兵旅團三個
新第六軍　輕步兵師團二個、輕步兵旅團一個
新第八軍　輕步兵師團三個編成中
新第九軍　輕步兵師團三個編成中
新第十軍　輕步兵師團三個編成中

武裝警察軍（一部分摩托化、輕步兵的警備師團）
武裝警察第七五師團
武裝警察第七六師團

武裝警察第七七師團

（內容說明）

機甲旅團一個（戰車三二二輛）

機械化步兵師團一個（坦克一二二輛、步兵戰鬥車裝甲運兵車一二五輛）

摩托化步兵師團五個（坦克、型坦克一二五輛×五個＝六〇〇輛）

摩托化步兵旅團十個（經由預備役召集而重新編成，接受台灣軍的支援）

輕步兵師團八個（包括預備役召集輕步兵師四個）

輕步兵旅團七個（由預備役召集而編成）

武裝警察師團三個

新輕步兵師團九個（利用徵兵編成、訓練中）

砲兵師團三個（新編成一個）

防空師團一個

〔主要裝備〕

主力坦克	約九〇〇輛
T—34／85型坦克	二〇〇輛
T—59型坦克	七〇〇輛
輕型坦克	約二〇〇輛
63型水陸兩用輕型坦克	一〇〇輛
62型輕型坦克	一〇〇輛
步兵戰鬥車（五十輛得到來自台灣的援助）	約一五〇輛
裝甲運兵車（二〇〇輛得到來自台灣的援助）	約六〇〇輛
牽引砲（五〇〇門得到來自台灣的援助）	約二五〇〇門
自動砲	約三〇〇輛
多聯裝火箭發射機	約四〇〇座
迫擊砲（五〇〇門來自台灣的援助）	約七五〇〇門
高射砲	約二〇〇〇門
地對空飛彈	約一〇〇座
直昇機	約四〇架

（其他）

預備陸軍兵力	
民兵游擊兵	二〇〇萬人

華南空軍（前廣州空軍）

兵力　六萬人（包括防空要員、徵兵在內）

作戰機　約八〇〇架

航空師團　六個

轟炸機師團　二個（六個飛行連隊）　一七一架

轟炸機

中型轟炸機、轟炸6（H—6）、轟炸6改良型　三六架

輕型轟炸機·轟炸5（H—5）　六三架

對地攻擊戰鬥機

強擊5（Q—5）　三六架

強擊5改良型（Q—5Ⅲ）　二七架

戰鬥轟炸機

殲轟7（JH—7）　九架

戰鬥機師團　四個（十二個飛行連隊）　四一四架

戰鬥機

殲擊5（J—5）　九〇架

殲擊6（J—6）　二三二架

殲擊7（J—7）　八〇架

殲擊8（J—8）、殲擊8Ⅱ　一二架

偵察機　三四架

偵察型轟偵5型（HZ—5）　一四架

偵察型轟偵6型（HZ—6）　一八架

偵察型JZ—7　二架

運輸機　一〇〇架

直昇機　七〇架

教練機及其他　一二〇架

防空師團　三個

高射砲　三〇〇〇門

獨立防空連隊　六個

地對空飛彈部隊　二〇個

海軍（前南海艦隊主力）

現役　四萬五千人（包括海軍陸戰隊八千人、徵兵五千人）

湛江（司令部）、汕頭、廣州、榆林、西沙群島、南沙

群島的前進基地

華南共和國艦隊

護衛艦戰隊　旗艦「廣州」（前重慶）

第一護衛戰隊	驅逐艦三艘
第二護衛戰隊	護衛艦四艘
水雷戰隊	一個
布雷艇	十七艘
掃雷艦	三〇艘
兩用戰隊	一個
中型登陸艦	約一〇艘
多用途登陸艇	約三〇艘
沿岸防衛戰隊	三個
飛彈艇	約七〇艘
魚雷艇	約三〇艘
巡邏艇	約二〇〇艘
陸戰旅團一個	約八千人
海軍航空部隊	
海軍轟炸機師	一個
轟炸6（H—6）	一〇架
海軍攻擊機師團	一個
強擊5（Q—5）	三八架
海軍戰鬥機師團	一個
殲擊5（J—5）	五〇架
殲擊6（J—6）	六〇架
殲擊7（J—7）	一〇〇架
殲擊8（J—8）	一二架

滿洲共和國

戰略飛彈戰力

司令部・瀋陽（滿洲共和國空軍司令部）

戰略火箭部隊　一萬人

飛彈基地：2

洲際彈道飛彈（ICBM）　三座

MIRV（多目標彈道）搭載飛彈　四座

中程彈道飛彈（IRBM）　一〇座

陸軍

總兵力　約八三萬五千人

現役　約二三萬五千人

預備役募兵　約二〇萬人

人民武裝警察隊　約一〇萬人

新規徵兵　約三〇萬人

集團軍五個

第三九軍（遼寧省營口）

機甲師團一個、機械化步兵師團一個、摩托化步兵師團二個、砲兵師團一個、武裝直昇機大隊一個

第四〇軍（遼寧省錦州）

獨立機甲旅團一個、機械化師團一個、摩托化一個、輕步兵師團一個、預備役輕步兵師團一個、砲兵旅團一個

第六四軍（遼寧省本溪）

摩托化師團一個、輕步兵師團二個、預備役輕步兵師團一個

第一六軍（吉林省長春）

機械化師團一個、摩托化一個、輕步兵師團一個、預備輕步兵師團一個

第二三軍（黑龍江省哈爾濱／大口徑火砲集中配備）

機甲旅團一個、摩托化二個、輕步兵師團一個、預備役輕步兵師團一個

人民武裝警察軍

武裝警察師團五個

新編成野戰軍（由三～四個各軍輕步兵師團編成）

第一野戰軍　預備役師團二個、預備役旅團一個已編成，配置在實戰中

第二野戰軍　預備役師團一個、新師團二個　一部分已編成，正在訓練中

第三野戰軍　預備役師團一個、預備役旅團一個、新師團二個　一部分已編成

第四野戰軍　預備役師團一個、新師團二個編成中

第五野戰軍　預備役師團一個、新師團二個編成中

第六野戰軍　預備役師團一個、新師團二個編成中

第七野戰軍　預備役師團一個、新師團二個編成中

※其他由徵兵的方式，開始編成輕步兵師團十五個

（內容）

機甲師團二個（坦克三二二輛×二個＝六四四輛）

獨立機甲旅團一個（坦克二〇〇輛）

機械化步兵師團三個（坦克一二〇×三個＝三六〇）

摩托化步兵師團五個（坦克、輕型坦克一二〇×五個＝六〇〇輛）

輕步兵師團十六個（包括由預備役召集再編成的師團在內）

輕步兵旅團五個（包括由預備役召集再編成的師團在內）

武裝警察師團五個（實際為輕步兵師團，一部分為摩托化）

新輕步兵師團二五個（大部分在編成中，大多在後方訓練）

砲兵師團一個

砲兵旅團一個（新編成）

武裝直昇機大隊（直昇機三〇～四〇架）

【主要裝備】

主力坦克	約一四〇〇輛
T—38型坦克	二五〇緉
T—59型坦克	九〇〇輛
T—69型坦克	五〇輛
T—79型、T—80型、T—85型ⅡM	二〇〇輛
輕型坦克	約四〇〇輛
63型水陸兩用輕型坦克	三〇〇輛
62型輕型坦克	一〇〇輛

步兵戰鬥車 約三〇〇輛
裝甲運兵車 約八〇〇輛
牽引砲 約三〇〇〇門
自動砲 約四〇〇輛
多聯裝火箭發射機 約三〇〇座
迫擊砲 約八〇〇〇門
高射砲 約三〇〇〇門
地對空飛彈 約二〇〇座
直昇機 一〇架
預備兵力
民兵、游擊兵 約一二〇萬人

←空軍

總兵力 八萬人
作戰機
航空師團 七個
（一個航空師團＝三個航空連隊。一個航空連隊＝三～四個飛行隊。三個連隊中，一個為攻擊機連隊。一個飛行隊＝三個飛行小隊。一個飛行小隊如果是戰鬥飛行隊由四架編成，運輸機或轟炸機則由三架編成）
轟炸機師團（一個師團為七十架到九十架） 三個
約二四〇架
轟炸機
中型轟炸機、轟炸6、轟炸6改良型
（H—6改良型） 二八架
輕型轟炸機 轟炸5（H—5） 八〇架
對地攻擊戰鬥機
強擊5（Q—5） 三七架
強擊5改良型（Q—5改良型） 六八架
戰鬥轟炸機
殲轟7（JH—7） 二七架
戰鬥機師團（一個師團為七〇架到一二四架） 六個
七〇八架
戰鬥機
殲擊5（J—5） 九六架
殲擊6（J—6） 四三二架
殲擊7Ⅱ、Ⅲ（J—7Ⅱ、Ⅲ） 一四四架
殲擊8（J—8） 二四架
殲擊8Ⅱ（J—8Ⅱ） 十二架
偵察機 十八機

偵察型轟偵5型（HZ—5）	六架
偵察型轟偵6型（HZ—6）	十二架
運輸機	一〇〇架
直昇機	五〇架
其他教練機	二〇〇架
防空師團	四個
高射砲	四〇〇〇門
獨立防空連隊	
地對空飛彈大隊	二〇個

←海軍

北海艦隊的基地大連、旅順等，依然宣示對北京政府效忠。滿洲共和國軍也不急於將其解放占領。事實上，北海艦隊已經納入青島司令隊之下，滿洲共和國目前屬於無海軍狀態。

大展出版社有限公司
品冠文化出版社

圖書目錄

地址：台北市北投區(石牌)
致遠一路二段 12 巷 1 號
郵撥：0166955～1
電話：(02)28236031
28236033
傳真：(02)28272069

・法律專欄連載・大展編號 58

台大法學院　法律學系／策劃
法律服務社／編著

1.	別讓您的權利睡著了(1)	200 元
2.	別讓您的權利睡著了(2)	200 元

・武 術 特 輯・大展編號 10

1.	陳式太極拳入門	馮志強編著	180 元
2.	武式太極拳	郝少如編著	200 元
3.	練功十八法入門	蕭京凌編著	120 元
4.	教門長拳	蕭京凌編著	150 元
5.	跆拳道	蕭京凌編譯	180 元
6.	正傳合氣道	程曉鈴譯	200 元
7.	圖解雙節棍	陳銘遠著	150 元
8.	格鬥空手道	鄭旭旭編著	200 元
9.	實用跆拳道	陳國榮編著	200 元
10.	武術初學指南	李文英、解守德編著	250 元
11.	泰國拳	陳國榮著	180 元
12.	中國式摔跤	黃　斌編著	180 元
13.	太極劍入門	李德印編著	180 元
14.	太極拳運動	運動司編	250 元
15.	太極拳譜	清・王宗岳等著	280 元
16.	散手初學	冷　峰編著	200 元
17.	南拳	朱瑞琪編著	180 元
18.	吳式太極劍	王培生著	200 元
19.	太極拳健身與技擊	王培生著	250 元
20.	秘傳武當八卦掌	狄兆龍著	250 元
21.	太極拳論譚	沈　壽著	250 元
22.	陳式太極拳技擊法	馬　虹著	250 元
23.	二十四式/三十二式 太極拳/劍	闞桂香著	180 元
24.	楊式秘傳 129 式太極長拳	張楚全著	280 元
25.	楊式太極拳架詳解	林炳堯著	280 元

26. 華佗五禽劍	劉時榮著	180 元
27. 太極拳基礎講座：基本功與簡化 24 式	李德印著	250 元
28. 武式太極拳精華	薛乃印著	200 元
29. 陳式太極拳拳理闡微	馬　虹著	350 元
30. 陳式太極拳體用全書	馬　虹著	400 元
31. 張三豐太極拳	陳占奎著	200 元
32. 中國太極推手	張　山主編	300 元
33. 48 式太極拳入門	門惠豐編著	220 元
34. 太極拳奇人奇功	嚴翰秀編著	250 元
35. 心意門秘籍	李新民編著	220 元
36. 三才門乾坤戊己功	王培生編著	元
37. 武式太極劍精華 +VCD	薛乃印編著	元
38. 楊式太極拳	傅鐘文演述	元

・原地太極拳系列・大展編號 11

1. 原地綜合太極拳 24 式	胡啓賢創編	220 元
2. 原地活步太極拳 42 式	胡啓賢創編	200 元
3. 原地簡化太極拳 24 式	胡啓賢創編	200 元
4. 原地太極拳 12 式	胡啓賢創編	200 元

・道 學 文 化・大展編號 12

1. 道在養生：道教長壽術	郝　勤等著	250 元
2. 龍虎丹道：道教內丹術	郝　勤著	300 元
3. 天上人間：道教神仙譜系	黃德海著	250 元
4. 步罡踏斗：道教祭禮儀典	張澤洪著	250 元
5. 道醫窺秘：道教醫學康復術	王慶餘等著	250 元
6. 勸善成仙：道教生命倫理	李　剛著	250 元
7. 洞天福地：道教宮觀勝境	沙銘壽著	250 元
8. 青詞碧簫：道教文學藝術	楊光文等著	250 元
9. 沈博絕麗：道教格言精粹	朱耕發等著	250 元

・秘傳占卜系列・大展編號 14

1. 手相術	淺野八郎著	180 元
2. 人相術	淺野八郎著	180 元
3. 西洋占星術	淺野八郎著	180 元
4. 中國神奇占卜	淺野八郎著	150 元
5. 夢判斷	淺野八郎著	150 元
6. 前世、來世占卜	淺野八郎著	150 元
7. 法國式血型學	淺野八郎著	150 元
8. 靈感、符咒學	淺野八郎著	150 元

9.	紙牌占卜學	淺野八郎著	150 元
10.	ESP 超能力占卜	淺野八郎著	150 元
11.	猶太數的秘術	淺野八郎著	150 元
12.	新心理測驗	淺野八郎著	160 元
13.	塔羅牌預言秘法	淺野八郎著	200 元

・趣味心理講座・大展編號 15

1.	性格測驗　探索男與女	淺野八郎著	140 元
2.	性格測驗　透視人心奧秘	淺野八郎著	140 元
3.	性格測驗　發現陌生的自己	淺野八郎著	140 元
4.	性格測驗　發現你的真面目	淺野八郎著	140 元
5.	性格測驗　讓你們吃驚	淺野八郎著	140 元
6.	性格測驗　洞穿心理盲點	淺野八郎著	140 元
7.	性格測驗　探索對方心理	淺野八郎著	140 元
8.	性格測驗　由吃認識自己	淺野八郎著	160 元
9.	性格測驗　戀愛知多少	淺野八郎著	160 元
10.	性格測驗　由裝扮瞭解人心	淺野八郎著	160 元
11.	性格測驗　敲開內心玄機	淺野八郎著	140 元
12.	性格測驗　透視你的未來	淺野八郎著	160 元
13.	血型與你的一生	淺野八郎著	160 元
14.	趣味推理遊戲	淺野八郎著	160 元
15.	行爲語言解析	淺野八郎著	160 元

・婦 幼 天 地・大展編號 16

1.	八萬人減肥成果	黃靜香譯	180 元
2.	三分鐘減肥體操	楊鴻儒譯	150 元
3.	窈窕淑女美髮秘訣	柯素娥譯	130 元
4.	使妳更迷人	成　玉譯	130 元
5.	女性的更年期	官舒妍編譯	160 元
6.	胎內育兒法	李玉瓊編譯	150 元
7.	早產兒袋鼠式護理	唐岱蘭譯	200 元
8.	初次懷孕與生產	婦幼天地編譯組	180 元
9.	初次育兒 12 個月	婦幼天地編譯組	180 元
10.	斷乳食與幼兒食	婦幼天地編譯組	180 元
11.	培養幼兒能力與性向	婦幼天地編譯組	180 元
12.	培養幼兒創造力的玩具與遊戲	婦幼天地編譯組	180 元
13.	幼兒的症狀與疾病	婦幼天地編譯組	180 元
14.	腿部苗條健美法	婦幼天地編譯組	180 元
15.	女性腰痛別忽視	婦幼天地編譯組	150 元
16.	舒展身心體操術	李玉瓊編譯	130 元
17.	三分鐘臉部體操	趙薇妮著	160 元

18.	生動的笑容表情術	趙薇妮著	160 元
19.	心曠神怡減肥法	川津祐介著	130 元
20.	內衣使妳更美麗	陳玄茹譯	130 元
21.	瑜伽美姿美容	黃靜香編著	180 元
22.	高雅女性裝扮學	陳珮玲譯	180 元
23.	蠶糞肌膚美顏法	梨秀子著	160 元
24.	認識妳的身體	李玉瓊譯	160 元
25.	產後恢復苗條體態	居理安・芙萊喬著	200 元
26.	正確護髮美容法	山崎伊久江著	180 元
27.	安琪拉美姿養生學	安琪拉蘭斯博瑞著	180 元
28.	女體性醫學剖析	增田豐著	220 元
29.	懷孕與生產剖析	岡部綾子著	180 元
30.	斷奶後的健康育兒	東城百合子著	220 元
31.	引出孩子幹勁的責罵藝術	多湖輝著	170 元
32.	培養孩子獨立的藝術	多湖輝著	170 元
33.	子宮肌瘤與卵巢囊腫	陳秀琳編著	180 元
34.	下半身減肥法	納他夏・史達賓著	180 元
35.	女性自然美容法	吳雅菁編著	180 元
36.	再也不發胖	池園悅太郎著	170 元
37.	生男生女控制術	中垣勝裕著	220 元
38.	使妳的肌膚更亮麗	楊　皓編著	170 元
39.	臉部輪廓變美	芝崎義夫著	180 元
40.	斑點、皺紋自己治療	高須克彌著	180 元
41.	面皰自己治療	伊藤雄康著	180 元
42.	隨心所欲瘦身冥想法	原久子著	180 元
43.	胎兒革命	鈴木丈織著	180 元
44.	NS 磁氣平衡法塑造窈窕奇蹟	古屋和江著	180 元
45.	享瘦從腳開始	山田陽子著	180 元
46.	小改變瘦 4 公斤	宮本裕子著	180 元
47.	軟管減肥瘦身	高橋輝男著	180 元
48.	海藻精神秘美容法	劉名揚編著	180 元
49.	肌膚保養與脫毛	鈴木真理著	180 元
50.	10 天減肥 3 公斤	彤雲編輯組	180 元
51.	穿出自己的品味	西村玲子著	280 元
52.	小孩髮型設計	李芳黛譯	250 元

・青 春 天 地・大展編號 17

1.	A 血型與星座	柯素娥編譯	160 元
2.	B 血型與星座	柯素娥編譯	160 元
3.	0 血型與星座	柯素娥編譯	160 元
4.	AB 血型與星座	柯素娥編譯	120 元
5.	青春期性教室	呂貴嵐編譯	130 元
7.	難解數學破題	宋釗宜編譯	130 元

9. 小論文寫作秘訣	林顯茂編譯	120元
11. 中學生野外遊戲	熊谷康編著	120元
12. 恐怖極短篇	柯素娥編譯	130元
13. 恐怖夜話	小毛驢編譯	130元
14. 恐怖幽默短篇	小毛驢編譯	120元
15. 黑色幽默短篇	小毛驢編譯	120元
16. 靈異怪談	小毛驢編譯	130元
17. 錯覺遊戲	小毛驢編著	130元
18. 整人遊戲	小毛驢編著	150元
19. 有趣的超常識	柯素娥編譯	130元
20. 哦！原來如此	林慶旺編譯	130元
21. 趣味競賽100種	劉名揚編譯	120元
22. 數學謎題入門	宋釗宜編譯	150元
23. 數學謎題解析	宋釗宜編譯	150元
24. 透視男女心理	林慶旺編譯	120元
25. 少女情懷的自白	李桂蘭編譯	120元
26. 由兄弟姊妹看命運	李玉瓊編譯	130元
27. 趣味的科學魔術	林慶旺編譯	150元
28. 趣味的心理實驗室	李燕玲編譯	150元
29. 愛與性心理測驗	小毛驢編譯	130元
30. 刑案推理解謎	小毛驢編譯	180元
31. 偵探常識推理	小毛驢編譯	180元
32. 偵探常識解謎	小毛驢編譯	130元
33. 偵探推理遊戲	小毛驢編譯	180元
34. 趣味的超魔術	廖玉山編著	150元
35. 趣味的珍奇發明	柯素娥編著	150元
36. 登山用具與技巧	陳瑞菊編著	150元
37. 性的漫談	蘇燕謀編著	180元
38. 無的漫談	蘇燕謀編著	180元
39. 黑色漫談	蘇燕謀編著	180元
40. 白色漫談	蘇燕謀編著	180元

·健康天地· 大展編號18

1. 壓力的預防與治療	柯素娥編譯	130元
2. 超科學氣的魔力	柯素娥編譯	130元
3. 尿療法治病的神奇	中尾良一著	130元
4. 鐵證如山的尿療法奇蹟	廖玉山譯	120元
5. 一日斷食健康法	葉慈容編譯	150元
6. 胃部強健法	陳炳崑譯	120元
7. 癌症早期檢查法	廖松濤譯	160元
8. 老人痴呆症防止法	柯素娥編譯	130元
9. 松葉汁健康飲料	陳麗芬編譯	130元
10. 揉肚臍健康法	永井秋夫著	150元

11. 過勞死、猝死的預防	卓秀貞編譯	130 元
12. 高血壓治療與飲食	藤山順豐著	180 元
13. 老人看護指南	柯素娥編譯	150 元
14. 美容外科淺談	楊啓宏著	150 元
15. 美容外科新境界	楊啓宏著	150 元
16. 鹽是天然的醫生	西英司郎著	140 元
17. 年輕十歲不是夢	梁瑞麟譯	200 元
18. 茶料理治百病	桑野和民著	180 元
19. 綠茶治病寶典	桑野和民著	150 元
20. 杜仲茶養顏減肥法	西田博著	170 元
21. 蜂膠驚人療效	瀨長良三郎著	180 元
22. 蜂膠治百病	瀨長良三郎著	180 元
23. 醫藥與生活	鄭炳全著	180 元
24. 鈣長生寶典	落合敏著	180 元
25. 大蒜長生寶典	木下繁太郎著	160 元
26. 居家自我健康檢查	石川恭三著	160 元
27. 永恆的健康人生	李秀鈴譯	200 元
28. 大豆卵磷脂長生寶典	劉雪卿譯	150 元
29. 芳香療法	梁艾琳譯	160 元
30. 醋長生寶典	柯素娥譯	180 元
31. 從星座透視健康	席拉・吉蒂斯著	180 元
32. 愉悅自在保健學	野本二士夫著	160 元
33. 裸睡健康法	丸山淳士等著	160 元
34. 糖尿病預防與治療	藤山順豐著	180 元
35. 維他命長生寶典	菅原明子著	180 元
36. 維他命 C 新效果	鐘文訓編	150 元
37. 手、腳病理按摩	堤芳朗著	160 元
38. AIDS 瞭解與預防	彼得塔歇爾著	180 元
39. 甲殼質殼聚糖健康法	沈永嘉譯	160 元
40. 神經痛預防與治療	木下真男著	160 元
41. 室內身體鍛鍊法	陳炳崑編著	160 元
42. 吃出健康藥膳	劉大器編著	180 元
43. 自我指壓術	蘇燕謀編著	160 元
44. 紅蘿蔔汁斷食療法	李玉瓊編著	150 元
45. 洗心術健康秘法	竺翠萍編譯	170 元
46. 枇杷葉健康療法	柯素娥編譯	180 元
47. 抗衰血癒	楊啓宏著	180 元
48. 與癌搏鬥記	逸見政孝著	180 元
49. 冬蟲夏草長生寶典	高橋義博著	170 元
50. 痔瘡・大腸疾病先端療法	宮島伸宜著	180 元
51. 膠布治癒頑固慢性病	加瀨建造著	180 元
52. 芝麻神奇健康法	小林貞作著	170 元
53. 香煙能防止癡呆？	高田明和著	180 元
54. 穀菜食治癌療法	佐藤成志著	180 元

55. 貼藥健康法	松原英多著	180 元
56. 克服癌症調和道呼吸法	帶津良一著	180 元
57. B 型肝炎預防與治療	野村喜重郎著	180 元
58. 青春永駐養生導引術	早島正雄著	180 元
59. 改變呼吸法創造健康	原久子著	180 元
60. 荷爾蒙平衡養生秘訣	出村博著	180 元
61. 水美肌健康法	井戶勝富著	170 元
62. 認識食物掌握健康	廖梅珠編著	170 元
63. 痛風劇痛消除法	鈴木吉彥著	180 元
64. 酸莖菌驚人療效	上田明彥著	180 元
65. 大豆卵磷脂治現代病	神津健一著	200 元
66. 時辰療法─危險時刻凌晨 4 時	呂建強等著	180 元
67. 自然治癒力提升法	帶津良一著	180 元
68. 巧妙的氣保健法	藤平墨子著	180 元
69. 治癒 C 型肝炎	熊田博光著	180 元
70. 肝臟病預防與治療	劉名揚編著	180 元
71. 腰痛平衡療法	荒井政信著	180 元
72. 根治多汗症、狐臭	稻葉益巳著	220 元
73. 40 歲以後的骨質疏鬆症	沈永嘉譯	180 元
74. 認識中藥	松下一成著	180 元
75. 認識氣的科學	佐佐木茂美著	180 元
76. 我戰勝了癌症	安田伸著	180 元
77. 斑點是身心的危險信號	中野進著	180 元
78. 艾波拉病毒大震撼	玉川重德著	180 元
79. 重新還我黑髮	桑名隆一郎著	180 元
80. 身體節律與健康	林博史著	180 元
81. 生薑治萬病	石原結實著	180 元
82. 靈芝治百病	陳瑞東著	180 元
83. 木炭驚人的威力	大槻彰著	200 元
84. 認識活性氧	井土貴司著	180 元
85. 深海鮫治百病	廖玉山編著	180 元
86. 神奇的蜂王乳	井上丹治著	180 元
87. 卡拉 OK 健腦法	東潔著	180 元
88. 卡拉 OK 健康法	福田伴男著	180 元
89. 醫藥與生活	鄭炳全著	200 元
90. 洋蔥治百病	宮尾興平著	180 元
91. 年輕 10 歲快步健康法	石塚忠雄著	180 元
92. 石榴的驚人神效	岡本順子著	180 元
93. 飲料健康法	白鳥早奈英著	180 元
94. 健康棒體操	劉名揚編譯	180 元
95. 催眠健康法	蕭京凌編著	180 元
96. 鬱金（美王）治百病	水野修一著	180 元
97. 醫藥與生活	鄭炳全著	200 元

・實用女性學講座・大展編號 19

1.	解讀女性內心世界	島田一男著	150 元
2.	塑造成熟的女性	島田一男著	150 元
3.	女性整體裝扮學	黃靜香編著	180 元
4.	女性應對禮儀	黃靜香編著	180 元
5.	女性婚前必修	小野十傳著	200 元
6.	徹底瞭解女人	田口二州著	180 元
7.	拆穿女性謊言 88 招	島田一男著	200 元
8.	解讀女人心	島田一男著	200 元
9.	俘獲女性絕招	志賀貢著	200 元
10.	愛情的壓力解套	中村理英子著	200 元
11.	妳是人見人愛的女孩	廖松濤編著	200 元

・校園系列・大展編號 20

1.	讀書集中術	多湖輝著	180 元
2.	應考的訣竅	多湖輝著	150 元
3.	輕鬆讀書贏得聯考	多湖輝著	150 元
4.	讀書記憶秘訣	多湖輝著	180 元
5.	視力恢復！超速讀術	江錦雲譯	180 元
6.	讀書 36 計	黃柏松編著	180 元
7.	驚人的速讀術	鐘文訓編著	170 元
8.	學生課業輔導良方	多湖輝著	180 元
9.	超速讀超記憶法	廖松濤編著	180 元
10.	速算解題技巧	宋釗宜編著	200 元
11.	看圖學英文	陳炳崑編著	200 元
12.	讓孩子最喜歡數學	沈永嘉譯	180 元
13.	催眠記憶術	林碧清譯	180 元
14.	催眠速讀術	林碧清譯	180 元
15.	數學式思考學習法	劉淑錦譯	200 元
16.	考試憑要領	劉孝暉著	180 元
17.	事半功倍讀書法	王毅希著	200 元
18.	超金榜題名術	陳蒼杰譯	200 元
19.	靈活記憶術	林耀慶編著	180 元
20.	數學增強要領	江修楨編著	180 元

・實用心理學講座・大展編號 21

1.	拆穿欺騙伎倆	多湖輝著	140 元
2.	創造好構想	多湖輝著	140 元
3.	面對面心理術	多湖輝著	160 元
4.	偽裝心理術	多湖輝著	140 元

大展好書 好書大展

大展好書 好書大展